約束のとき

白崎博史

ダイヤモンド社

約束のとき

白崎博史

見慣れた店内をひととおり確認してから、寒川良作は店員たちを集めて話し始めた。

「いいかい、みんな。今日みたいな日に来てくださるお客様というのは、何か事情がある人だ。普通だったら、震災直後のこんな時期はまっすぐ家に帰るだろ。きっと、そうしたくてもできない人たちなんだ。そういうお客様に、今日この場で最高のサービスをしてあげたら、その人たちはどう感じると思う？　嬉しいよな。そういう気持ちは後々までずっと心に残るものだ。あの震災の直後に〈鳥良〉は素晴らしいサービスをしてくれたって、ね。だから、心を込めて、しっかりおもてなししよう」

第五章　天変のとき　より

目次

第一章

決断のとき

二〇一〇年二月（渋谷　東急ホテル　カフェラウンジ「坐忘」）

「会社を売却するということでよろしいのですね？」

念を押すようにその言葉を繰り返した相手に、寒川良作は同席する兄の隆とちらりと視線を交わして、静かにうなずいた。

「ええ、そうです」

創業から四半世紀にわたって育て上げてきた会社を手放すことは、兄とふたりで考え抜いた末に出した結論だった。自分でも納得しているはずなのに、それでもまだ「売却」という言葉が、見えない針となってチクリと良作の胸を刺す。

「弊社の会長の分林《わけばやし》のほうから、概略は聞いているのですが、差し支えなければもう少し詳しくお話をお聞かせ願えますでしょうか」

「もちろんです。どんなことでも包み隠さず話します。遠慮なく聞いてください」

そう言うと、良作はいましがた受け取った名刺にもう一度目線を落とした。

日本M&Aセンター　執行役員　企業情報部長　幸亀《こうかめ》努
それが、いまテーブルを挟んで向かい合っている男の肩書と名前だった。

男は仕立ての良いスーツに品のあるネクタイを締めている。長身で端正な顔立ち。年は三十代の後半くらいだろうか、生き馬の目を抜くと言われる企業買収や合併の世界に身を置く人間とは思えない、穏やかで誠実そうな雰囲気を漂わせたこの幸亀という人物に、良作はこの日、初めて会ったときから好感を持っていた。

良作が会社売却のことを〈日本M&Aセンター〉に依頼したのは、以前から家族ぐるみの付き合いがある船井財産コンサルタンツ元社長・平林良仁の紹介によるもので、〈日本M&Aセンター〉会長の分林保弘と七年ほど前に初めて名刺交換をした際、いずれ「そのとき」が来たらこの人に頼ることになるだろうと直感的に思っていた。それがついに現実となる日が来たのである。

日本M&Aセンターは、中堅・中小企業のM&Aの仲介に関しては日本でトップクラスの実力と実績を誇る東証一部上場企業である。その創業者である会長の分林が、自社が擁する人材の中でも飛び切り優秀な社員のひとりとして推してきた男。それが幸亀だった。

どんなに立派な看板を背負っていても、最終的に「事」の成否を決するのはそれに当たる担当者の能力と資質である。その点においても、良作は適度に寡黙で余計なことをしゃべり過ぎないこの幸亀という男とうまくやっていけそうな気がしていた。

寒川兄弟が会合の場所として指定したのは、渋谷駅にほど近いセルリアンタワー東急ホテル一階にあるカフェラウンジ「坐忘」だった。都心のホテルの割にはテーブルの配置にゆとりがあり、隣席の人間に話の内容を盗み聞きされる心配がまずない。それが、ふたりがこのラウンジを選んだ理由だった。

二子玉川にある自分たちの会社・サムカワフードプランニングの本社にも適当な部屋があるにはあるが、見慣れない人間が出入りして、社員たちの注意を引いたり、断片的にでも、この話が彼らの耳に入るのはまずい。水面下における秘密の話として進めるために、リスクを極力減らしたいというのが寒川たちの考えだ。

それは幸亀とて同じである。日本M＆Aセンターは、企業同士のマッチング、言わば、「見合い」を仲介する会社だが、不動産や他の商品の仲介と決定的に違うのは、売り手となる企業の情報をオープンにできないということにあった。

オーナーが会社（株式）を売ろうとしていることを、従業員や取引先、銀行などに悟られることは、万に一つでもあってはならないのだ。

たとえ、首尾よく買い手が見つかったとしても、必ず契約がまとまるという保証はない。もし、話が流れた場合は何もなかったように経営を継続するか、別の選択肢を考える必要がある。流動性のない未上場株という何億・何十億といった巨額の金が絡むだけに、徹底して秘密裏に進めることが宿命づけられている。企業の売り買いとはそういうものなのだ。

三人のカップにコーヒーを注ぎ終えたウエイターがテーブルから離れたのを見計らって、幸亀が静かに切り出した。

「これはどの方にも最初にお聞きすることなのですが……」

そう前置きして、寒川兄弟のふたりが、なぜ自分たちの会社を第三者に譲渡しようとするのかを訊ねた。

どんな案件でも、クライアントがM&Aに何を求めているのか——そのニーズを知るためには、会社を売却もしくは譲渡しようと考えるに至った動機や理由を把握しておくことが鉄則なのだが、今回の案件に関しては特にそれが幸亀の気になるところだった。どう考えても、彼らに会社を売るべき理由が見当たらないのだ。

それまでに何百件ものケースを手がけてきた幸亀だったが、会社を人手に渡そうという経営者のほとんどが一定の年齢を超えていて、体力的にも精神的にもピークを過ぎたという印象を与える。一言で言うと、どこか枯れているのだ。だが、いま目の前にいる兄弟の経営者は、年齢的にも社長の良作が五十一歳、会長の隆が五十三歳とまだ若く、見た目も生気にあふれ、溌剌としている。特に、社長である良作は、その精悍な顔つきもさることながら、現役のラグビー選手と言われても納得するほどの堂々たる体軀の持ち主で、会社を買収することはあっても、売却するようなタイプにはまったく見えなかった。

となると、会社に何か問題があるのではないかと考えるのが筋である。が、事前に入手した情報からは、ふたりが経営するサムカワフードプランニングを売却しなければならない理由はどこをどう探しても見つからない。

手羽先唐揚・鶏料理専門店の〈鳥良〉、新鮮な魚介類を浜焼きの手法で提供する〈磯丸水産〉、そうした、飲食業界におけるブランドを、ひとつならず、ふたつも抱え、外食不況が叫ばれる最中《さなか》に、売上げ九十五億、経常利益率九パーセントを誇る会社である。しかも、無保証の負債を上回る現預金を抱えており、実質的には無借金経営と言ってよかった。そうなると、この「売却話」は、一種のミステリーである。

お互いに言うべきことを頭の中で整理しているのか、しばらくの沈黙が続いた後、寒川良作が口を開いた。

「私たちが、会社の売却を考えることになったきっかけは……去年の十一月に発覚した兄の病気でした」

二〇〇九年十一月（二子玉川　サムカワフードプランニング本社）

「良作、ちょっと話がある。奥の応接室に来てくれないか」

同じ社内にいるはずなのに、内線ではなく、携帯に直接かかってきた兄の電話を不審に思いながら、良作は隆が待つその部屋に向かった。

壁からテーブルに至るまですべてホワイトで統一された応接室、その革のソファに脚を組んで座る兄の靴先が小刻みに揺れている。見慣れた空間のいつもの場所なのに、嫌な予感がした。

「どうした」

向かいの席に腰を下ろした良作に、隆は大きくひとつ深呼吸をすると、口調を低めて話を切り出した。

「このあいだ、俺、人間ドックに行っただろ。あれで、肺に怪しげな影が見つかったって言われてさ、その後、精密検査を受けたんだ」

「それで？」

初めて聞く話に、良作の鼓動が速まる。

「……まだ確定したわけじゃないが、最悪の場合のことも考えておかなくちゃならない。つまりは心の準備をしとけってことだ」

兄の口から発せられた言葉は衝撃的で、鉛の塊を飲み込んだように、良作の心にずしりとのしかかってきた。

「最悪の場合って、もしかして……」

「ああ」

「で、検査の結果はまだ出ないのか？」

「まだだ。診断が確定してからだが、治療を開始するならなるべく早い段階のほうがいいと医者は言っている。俺もそのつもりだ」

万が一「ガン」であったとしたら……ガンは、昔とは比較にならないほど治癒率が高くなっているとは言え、未だに日本人の間では不治の病というイメージが強い。企業のトップがその病を患い、手術を受けるとなると、たとえそれが初期であったとしても、情報が外に漏れたりしたら、多少なりとも会社の経営に影響が出ることは避けられない。

「そうか……」

表情を曇らせる良作に、隆が言った。

「なーに、そんなに心配することはないさ。もし手術となった場合でも体には直接メスを入れず、内視鏡で済むらしい。入院も二週間あれば十分だそうだ」

「いきなり『最悪の場合』なんて言い出すから、もっと大ごとになるのかと思ったよ。それを聞いて少し安心した」

それまで緊張で青ざめていた良作の顔に、ようやく笑みが浮かんだ。

「もし入院となった場合でも、会社には、ちょっと海外に羽を伸ばしに行っているとでも言っておけばいい」

確かに兄の言うとおりかもしれない。

事実、会長である隆の旅行好きは社内でもよく知られていることで、二週間程度であれば旅行の日程が延びていると言えば誰も疑いはしないだろう。社内に知れ渡らなければ、その健康問題が何かの拍子に外部の人間に悟られてしまう心配もない。

いずれにせよ、年を越す前の十二月中には白黒ハッキリさせて心身ともにさっぱりするつもりだと隆は告げた。

むろん、良作に異論はない。

「とにかく、一日も早く元気になって仕事に復帰してくれよ」と応えると、ふと、隆が表情を引き締めた。

「話があると言ったのは、実はそこから先のことなんだ」

「……どういうことだよ」

良作はソファに座り直して、兄の瞳をまっすぐに見つめた。

「聞いてくれ、良作……。まぁ、これはあくまでも仮定の話だが、もし肺ガンだとしたら話はややこしくなる。肺ガンってやつは、ガンの中でも質《たち》がかなり悪いんだ。つまり、再発や転移する可能性も高い。たとえ、初期であったとしても、五年の生存率は七割というところらしい。それは逆の見方をすれば、残り三割の確率で、五年後にはこの世からいなくなっている可能性も、なきにしもあらずということだ」

良作はどう答えていいかわからず、押し黙ったまま、次の兄の言葉を待った。

「結論から言う」

隆が続ける。

「これを機に、俺は会社から身を引こうと思う」

「兄貴、それ、本気で言ってるのか」

思わず、そんな言葉が良作の口をついて出た。

「もちろん、本気だとも」

隆はうなずくと、会長職を退いた後は、顧問や相談役といったどんなかたちであっても、一切会社に籍を置くつもりはないと断言した。

兄の隆が思いつきで引退を口走るような人間でないことはよくわかっていた。熟考に熟考を重ねたうえにたどり着いた結論なのだろう。

「ここまでお前と脇目もふらずに突っ走ってきた。だが、今回のことで、俺も第二の人生ってやつを考えるべきときが来たんじゃないかと思うようになったんだ」

「第二の人生？」

「ああ……。人間は自分の死を現実として目の前にすると、人生観が変わるって言うが、あれ、本当なんだな」

そう言って自嘲気味に小さく笑った兄に、良作は「そういうもんかな」とうなずくことしかできなかった。

良作と隆は血を分けた実の兄弟である。これが家族だけの問題なら、まだガンと決まったわけでもないのだし、そんな弱気なことを言わずに頑張ればいいじゃないか……と笑い飛ばすこともできるだろう。しかし、ふたりが直面しているビジネスの現場は非情なまでに厳しい。

サムカワフードプランニングという会社は、もはや、兄弟ふたりだけの個人企業ではなくなっていた。二千人を超す従業員やアルバイト、そして、それに関わる多くの人たちの生活を支える大きな土台なのだ。その土台を揺るがすことはおろか、どんなことがあっても絶対に崩すわけにはいかない。

いったん何か「事」が起きたときには、最悪の事態を想定して対処することを常に自分に課している良作にとって、兄が口にした「三割」という数字は、経営上のリスクという点から見ても見過ごすわけにはいかない数字だった。

社長の良作と、会長の隆の株式の持ち分は五十対五十である。現在のかたちのまま経営を続けていて、全株式の半分を保有する兄の隆に突然もしものことがあった場合、会社は立ちいかなくなって空中分解する恐れがある。と言うよりも、そうなることは必然と言ってよかった。

兄の申し出を受け入れる以外に、もはや方法はない。

しんと静まり返った部屋の中に、置き時計のカチカチという音だけがかすかに響いている。隆は組んでいた足を戻し、多少前屈みの姿勢になって、弟の反応を窺《うかが》った。

それから、長い沈黙の後、良作が詰めていた息を一気に吐き出すと、両手で膝の上をポンと叩いた。

「そうか……。わかったよ」

「すまん」

頭を下げる隆に、良作が続ける。

「謝ることなんかない。俺がもし兄貴の立場だったら、多分、同じことを言ってたと思う」

「そう言ってくれると俺も少しは気が晴れるよ」

「いよいよ、『あの約束』を果たすときが来たんだな」

「そうだな……」

「あれから二十五年か……」

良作が、感慨深げにしみじみとした口ぶりで言った。


二〇一〇年二月（渋谷　東急ホテル　カフェラウンジ「坐忘」）


「兄弟の約束……ですか」

幸亀がメモを取っていた手帳から顔を上げて、良作と隆を交互に見た。

「ええ」

隆が小さくうなずく。

「最初に弟が吉祥寺で〈鳥良〉を始めて、そこに私が後から合流するかたちでいまの会社の基礎ができたわけですが、そのときに三つの取り決めというか……三つの約束を交わそうということになったんです。当時は、店一軒、ふたりともゼロからのスタートですから、右も左もわからない手探りの状態で、毎日必死で働きながら、どうしてもお互いの意見がぶつかることがありました。何しろ、二十代で血気盛んな頃ですから」

「よく喧嘩したなあ」

良作が苦笑いして、兄の言葉を継いだ。

「喧嘩したときは、もうお互いに顔を見るのも口を利くのも嫌になるんですけど、やっぱり兄弟ですから、その翌日か翌々日にはもう一度冷静に話し合おうということになる。そのきっかけは、たいてい兄のほうが作ってくれたんですけどね。そうやって話をいろいろしているうちに、いつの間にか、いま兄が言った三つの約束ができたわけで」

そこまで話したところで、ふと、良作が幸亀に軽く頭を下げた。

「すみません、前置きが長くなってしまいましたね……」

「とんでもないです」

幸亀が慌てて手を振る。

「そういったおふたりのバックグラウンドと申しますか……通り一遍ではない血の通ったお言葉を伺えるほうが、逆に私としてもありがたいです」

「なるほど、そうですか……了解しました」

良作は、話を続けた。

「その頃、兄が私によくこう言ったんです。兄弟というのは、同じ親の元で生まれ育っても、実は前世で互いに憎み合い、戦ってきた敵同士なんだ。その憎しみを克服するために俺たちは兄弟となってこの世に生まれてきた。だから、ここでまたお前と俺とやり合って仲違いしてしまったら生まれてきた意味がない。とにかくふたりで一緒にその試練を乗り越えようと……。私も兄のその話に納得したので全面的に賛成したんですが、兄がさらにこう言ったんです。兄弟でやっていくことでもこれだけ難しいのだから、従兄弟《いとこ》同士に同じことをさせるのは酷だと」

隣に座る弟と、目の前の仲介者から目線を外して、兄の隆が人差し指でこめかみを掻く。

「いま、寒川社長がおっしゃった従兄弟同士というのは……つまり、おふたりの息子さんということですか」

「ええ、そうです。兄にも私にもそれぞれ息子がいるんですが、もし、息子を会社に入れて会社を継がせるとなったら、いまはどんなに仲が良かったとしても、将来的に必ず何らかの軋轢が生じると思ったんです。同じ両親の元で同じように育てられた兄弟ですら喧嘩が絶えないのに、別々の環境で育った従兄弟同士がうまくやっていけるはずがない。だから、お互いの子どもを会社に入れないという決断をした。それが、私たち兄弟が交わしたひとつ目の約束です」

約束を交わした時間は、ふたりが創業した当時の年齢から考えると、子どもたちはまだ十歳にも届いていなかったはずだ。そんなに早い段階で早々と子どもを会社に入れないと決めてしまう——そんな、寒川兄弟の潔さと先見性に、幸亀は内心で舌を巻いた。

実際、事業承継や経営権を巡っての兄弟や、従兄弟の間で巻き起こる、いわゆる「骨肉の争い」をこれまでに幾度となく見たり聞いたりしてきた幸亀にとって、寒川兄弟の話は実に示唆に富み、新鮮だった。世間では「兄弟は他人の始まり」などと言うが、彼らのように知恵を絞って、意識的に争いを回避する方法もあるのだ。

自分たちの子どもを会社に入れないとなると、将来、必然的に後継者問題が浮上してくる。しかし、そのことに関しても、当然のごとく、ふたりはすでに考えていた。

良作が続ける。

「じゃあ、自分たちがある程度年を取って、引退となった際に会社をどうするかという話になりますよね。そのときに兄が口にしたのが『売却すればいいよ』という言葉だったんです。ずいぶん簡単に決めてしまったように思われるかもしれませんが、なにしろ、その当時はようやく二店舗目か三店舗目かを出そうという頃で、まさか年商百億に迫る現在の会社になるとは思っていなかったので、とにかく売却すればいいと。その具体的な方法は、そのときが来たら来たときに考えようという結論になった。それが私と兄が交わしたふたつ目の約束です」

なぜ、寒川兄弟がこのサムカワフードプランニングという優良企業を売る必要があるのかという幸亀の疑問が氷解した。

「なるほど。それで今回の売却の話に至ったというわけですね」

幸亀は、ふたりの同意を得るというよりも自分を納得させる思いで発した。

「はい、そういうことです」

答えてから、良作は同意を求めるように隣の兄を見た。

良作の言葉に、時折、相づちを打つだけだった隆が「間違いありません」とうなずいて言った。

「弟がさっき申したとおり、まったくの手探り状態で始めた会社ですから、企業のグランドデザインなどというものも描いていません。将来の売却を前提にした会社をどうかたち作っていくか、それをあらためて弟と私で考えていったんです」

ここから先はお前が話してくれというように、隆が良作に目配せした。

「どういう会社にしていくかとなったら、まずは、やっぱり社員ひとりひとりが幸せで、快適に楽しく働ける会社にしていこうと。そして、いつか売却するときになって、兄と私が経営から退いた後も、残った社員の中から社長が生まれ、その社長を中心に自分たちの手で会社を動かし、自立できるようになって欲しい。それはつまり……最終的には上場を目指すということです」

「なるほど。それは本当に素晴らしいお考えだと思います」

「だから、そういうことが実現できるような会社を目指そうと。それが、三つ目の約束です。もともとは雑談の中から出てきた約束でしたが、それが必然的に現実となっていったんですよ。いまこうして考えてみると、会社がここまで成長できたのは、この三つの約束があったからじゃないかなとも思うんです。なぜかと言うと、いまでもたまにありますが、何か意見の食い違いがあって揉めたとしても、必ず約束したことに戻るからです」

「お話を伺っていて思ったのですが、おふたりが交わされたその三つの約束というのは、言うなれば、寒川家の憲法のようなものだと考えられますね」

「そうですね。だから、今回の売却に関しても、幸亀さんのいまの言葉を借りれば、その憲法の精神に則って進めていければいいと考えているんです」

「よくわかりました。そうなると、その三つの約束で言えば、ご子息を会社に入れないという約束はすでに履行していらっしゃいますし、ふたつ目の売却に関してもこうして実際に着手しているので、残った三つ目の約束を原則どおりにきちんと実行していくという考え方でよろしいわけですね」

「おっしゃるとおりです」

もちろん、高く売れるに越したことはないが、自分たちが手にする金額の多寡よりも、売却後の会社の成長と従業員の幸福を最優先にしたい。自分たちだけが幸せで、残された社員が不幸になることなど絶対に考えられない。良作は幸亀に向けて、しつこいくらいにそのことを繰り返し、強調した。

会社を売却後、残された従業員の幸せを願わないオーナーはいない。現にそんな言葉をほとんどの経営者が口にする。しかし、その中にあっても、良作が従業員に寄せる想いの強さは別格だった。まず、目の色が違う。語る内容も口調も一言で言えば熱く、発する言葉の一語一句に真実味と重みがあった。

会社の創業者が、そのオーナー権を売却するということは、尋常ではない大きなプレッシャーを伴う決断である。相手は命がけだ。こちらとしても褌を締め直して、性根を据えて徹底的にやらねばなるまい。幸亀はあらためて自分にそう言い聞かせた。

そんな相手の心の内を察したように、良作が居住まいを正して言う。

「幸亀さん……。私もこれまでに何冊か本を読んだり、人から話を聞いたりして勉強してはみたんですが、なにぶん素人なもので、正直なところまだわからないことだらけなんです。専門家の方からすれば、かなり間抜けなことを聞いてしまうこともあるかもしれませんが……」

「いやいや」

幸亀が背筋を伸ばし、良作を右の掌で制しながら即応した。

「そんなことは一切気になさらず、わからないことがあれば、話の途中であってもどんどん質問してください。こういうことは一生に一度あるかないかのことなので、わからないのが当たり前なんです。そのために私たちのような人間がいるんですから」

「そう言っていただけるとありがたいです……それで、会社を売却する理由と背景はだいたいお話ししたとおりなんですが、そこから先、はたしてこの話をどう進めていくのか、私たちには皆目わからないので、そのあたりを幸亀さんに詳しくお聞きしたいと思っているんです」

「承知しました。そうですね、まず一般的な流れで言いますと、弊社と提携仲介契約を結んでいただいた後……もちろん、今日の面談でご納得いただければ、の話ですが」

「いや、そこはもう、我々は御社にお任せすると最初から決めていますから」

「ありがとうございます」

目元に笑みを浮かべて、折り目正しく頭を下げると、幸亀が小声ながらも力強く説明を続けた。

仲介契約が完了したら、次は企業評価のための帳簿や決算書といった資料を寒川たちが提供する。それを日本M&Aセンターの専門家チームが査定・分析して弾き出した適正な売却価格を元に、買収を持ちかける候補先の選定に入る。まずは売却先を事業会社か投資ファンドのどちらかに決め、次に具体的な候補先の選定を行い、企業概要書を作成する。

企業概要書とは、お見合いで言えば釣り書きのようなものだが、釣り書きと大きく違うのは「匿名」であるということである。そのうえ、写真も付いていない。

それを候補先に見せて、興味を示したら、今度は顔と実名を明かして本格的なお見合いとなる。もちろん、このお見合いの前に秘密保持契約が結ばれるので、寒川たちが会社を売却しようとしているという情報が外部に漏れ出す恐れはない。

そうして、何社かと〈マネジメントインタビュー〉と称する面談を重ねながら買収価格の交渉をしていき、最後に最も気に入った相手を一社だけ選び出す。その後で、最終的に合意できるよう、お互い協力し合うことを約束して基本合意書を作成するのである。

工程はまだ続く。基本合意書が交わされたら、次にデューデリジェンスと呼ぶ、監査法人や弁護士などの専門家による会社の「精密検査」を行う。それから、最終的な条件の交渉に入り、両社の合意が成立したうえで、ようやく最終契約の締結となるわけである。

ひととおりの説明をし終えた幸亀に対し、良作は懸命にメモを取る手を止めて「長い道のりになりそうですね」と言って小さく笑った。

「普通はどれぐらいかかるものなんですか？」

隆の率直な質問に、幸亀がひと呼吸置くかたちで瞬《まばた》きした。

「そうですね……極端な例では短くて数週間、また、逆に長い例では一年くらいかかるケースもあります。御社は規模も金額も大きいので、それなりの時間がかかることは覚悟してください」

「今年中に決着をつけたいなぁ」

隆が独り言のようにつぶやいた。

「もうすぐ三月だから、あと十ヵ月か……。何とかなりますかね？」

早い話、幸亀の役回りであるM＆Aの仲介という仕事は、成功報酬型の「成立させてナンボ」の世界である。だから、仕事の効率という点からも、できるだけ短期間でクロージングまで持っていきたいという気持ちはある。しかし、不確定要素が多く、すべてがこちらの計画どおりに進むとは限らないのが、M＆Aの世界である。

幸亀は「ふたりの期待に添えるよう最大限の努力をする」と答えるにとどめて、「一緒に頑張りましょう」と締めくくった。

それから、幸亀は少し鋭い眼差しになって、腕の時計にちらりと目をやった。今日の面談の終わりの時間がそろそろ近づいてきた。

次回からは具体的な売却先の検討に入る。そのためには、正確な企業評価が必要になるので、その資料として、契約書や事業計画書、人事組織といった細かな資料を提出してほしい——幸亀は寒川兄弟にそう言い伝えて、帰り支度を整えた。

二〇一〇年三月（渋谷　東急ホテル　カフェラウンジ「坐忘」）

日本M&Aセンターの幸亀努とサムカワフードプランニングの寒川隆・良作兄弟、その二度目のミーティングは、ちょうど二週間後、前回と同じホテルの同じカフェラウンジで行われた。

三月に入ってから気温も上がり、窓の向こうに広がる庭園に降り注ぐ柔らかな日差しは春の訪れを感じさせた。

しばらく事務的なやり取りがあった後で、幸亀が切り出した。

「今回からはもう少し踏み込んだ話になると思いますが、先日の私の話で何か気になった点などございましたら……」

「ひとつお聞きしようと思っていたんですが」

良作が言った。

「事業会社とファンドのどっちに売却するかという話を、幸亀さん、前回されましたよね」

「ええ」

「その事業会社というのは、一般の会社とどう違うんですか？」

「ほとんど同じと考えていただいて結構です。これは我々のようなコンサルタント業界の独特な言い回しで、金融やコンサルタント以外の、実際にモノを作ったり売ったりしている会社のことを『事業会社』と呼び、区別しているのです。例えば、去年、パナソニックが三洋電機を買収しましたよね。あれは事業会社が事業会社を買収したということです」

「売却先が事業会社の場合は同業種に限られる、ということではないですよね？」

唾をひとつ飲み込んだ後で、良作が質問を重ねた。

「もちろんです。ちょっと例えが悪かったですね。実際にそういうケースが多いことは確かですが、極端な話、自動車会社が食料品の会社を買収することもあり得ます」

幸亀の丁寧な説明は納得できた。しかし、外食産業の場合、売却の相手先の選択肢としていちばん実現性が高いのは同業社に違いない。現在展開している事業に理解を得られる可能性が高く、互いの得意分野を活かしたシナジー効果も期待できるからだ。とは言え、同業社間のＭ＆Ａは、その実際はともかく、外見上は、大が小を飲み込んだかたちになる。往々にして、主従関係が生じる結果となるだろう。親会社から入ってくる新たな経営陣も、「譲渡側の企業風土や文化を大事する」と口先に言い乗せながらも、結局は傘下に収められるという結果になりやすい。

寒川兄弟が懸念するのは、そこだった。

「その件でまずお伝えしておきたいことがあるんですが」

良作がネクタイの結び目を正して、再び口を開いた。

「何でしょう？」

「その事業会社のひとつとして外食産業が売却先の候補に挙がった場合……つまり、我々との同業社はどんなことがあっても避けたいんです。そこだけは絶対に譲るわけにはいかない、第一の条件です」

「居酒屋チェーンを経営している会社ということですね」

「そうです。どんな大金を積まれても、ライバル企業にだけは渡したくない」

実態はどうあれ、マスコミや世間はそれを身売りと見なすに違いない。残された社員からすれば、それまで競争相手だと思っていた会社に自分たちの会社を乗っ取られたという敗北感で、仕事に対するモチベーションが下がることは目に見えている。寒川兄弟としても、ここまで築き上げてきた会社が、ライバル企業の軍門に下ることは屈辱以外の何物でもない。想像もしたくないことだった。

「寒川社長のお気持ちはよくわかります。が、いずれにせよ、将来のＩＰＯ（株式上場）のことを考えれば、同業社への売却は選択肢としてはあり得ませんね」

幸亀の揺るぎない言葉に、良作の肩の力が幾分か和らいだ。

さらに幸亀は、その理由について、「せっかく大金を払って手中に収めた優良企業を上場させて手放したり、売却というかたちで再び野に放ち、わざわざ自社のライバルを増やそうと考える経営者はいないから」と加えた。

日本Ｍ＆Ａセンターの擁する公認会計士がサムカワフードプランニングの企業評価で示した数字は、九十五億から百億の間というところであった。電話で最初にその価格を幸亀から伝えられたとき、良作は想像していたよりも「少し低いな」という感想を持った。しかし、兄と相談した結果、かつて経験してきたリーマンショックや鳥インフルエンザといった予測不能の危機のことを考えれば、あまり欲張らず、高望みをせず、その評価を受け入れて確実に売却を進めていこうという話になっていた。

同社が扱う案件は、事前に対象企業の含み損益などの細かな情報を精査したうえで下す企業評価なので、いざ交渉開始となってよくよく調べてみたら実態とかけ離れていたということはまず起こり得ない。それゆえに、買収する側の日本M＆Aセンターへの信頼度は高い。

つまり、サムカワフードプランニングの「九十五億から百億の間」という数字は、相場における「適正価格」だった。それでも、百億もの大金である。たとえ、「ライバル企業」を含めたとしても、そんな莫大な資金を捻出できる外食産業はそうざらにあるものではない。もちろん、異業種という選択肢もあるが、畑違いの業種でそれだけのキャッシュを用意しようという企業が果たしてあるのか、そんな疑問も寒川兄弟の頭にあった。

あるいは、株式と株式を交換する「株式交換」という方法もある。サムカワフードプランニングの株を譲渡する対価として、相手の上場株を譲り受けるわけだ。これならキャッシュを伴わない理由から、買収する側にとっての負担は軽い。

しかし、株式交換の場合は、受け取る対価が株なので、何かの拍子に価格が大きく変動する可能性がある。株価が上昇すればいいが、例えば、リーマンショックのような事件が再び起きて、取得先の株価が大幅に下落するというリスクも伴う。ならば、取得後、なるべく早い段階で売ってしまえばいいと思うが、実際は難しい。

上場株であれば、必ずしもそのまま現金化できるというわけではない。トヨタのような大企業の株であれば市場で売れるが、例えば、外食産業の中堅や大手であっても、市場で何十億円といった単位の株の売り注文を出せば、その途端に急落してしまうので、換金のリスクは免れない。

事業会社への売却の概略を説明し終えると、幸亀はいったん言葉を切ってふたりを見た。

「ここまでで、何かご不明な点はございましたか？」

「話はわかりやすいんですが、完全に理解できたかと聞かれると、ちょっと……」

不安げな良作の言葉に、隆が素直にうなずいた。

「私も同じです」

「言葉足らずな点もあったとは思いますが、それはこれから何度もこうしたミーティングを重ねていく中で、先ほども申し上げたように、その都度ご質問をいただいて私が答えていくというかたちで進めていければと思うのですが」

「そうですね。私たちもそれがいいと思います」

「それでは、話を続けましょうか。いまは事業会社への売却がどういうものなのかというお話をさせていただきましたが、投資ファンドについてはどうでしょう。『ファンド』と聞いて、おふたりはどういうイメージを持たれますか？」

良作は「うーん」と首をひねりながら言った。

「私は正直、あんまりいい印象はないですね」

「俺もそうだな」

隆が良作のほうを見やりながら応えた。

「どうしても『ハゲタカファンド』という言葉が頭に浮かんでしまってね……」

ハゲタカファンドとは、経営危機に陥った会社を安値で買い叩いた企業が、「選択と集中」などと称しながら収益が見込める部門だけを残して、他はバッサリ切り捨て、企業価値を高めたうえで、その株式を高値で売り抜けるファンドのことである。

バブル崩壊による不良債権処理問題で日本中が浮き足立っていた頃には、そうしたハゲタカファンドの手法がマスコミでも盛んに取り上げられていたが、最近ではあまり聞かなくなっていた。それでも、ファンド＝ハゲタカというイメージは一般人の頭の中からなかなかぬぐい切れないというのが現実である。

「あまり細かい話をしても混乱すると思いますので、かいつまんで話します。ファンドというのは、投資家から集めた資金で『投資事業組合』というものを作り、そこから投資を行い、そのリターンを分配する仕組みのことなんです。まぁ、ものすごく簡単に言うと、宝くじのグループ買いみたいなものですね」

「宝くじですか」と笑ってから、「ということは出資したお金が返ってこないこともあるわけですね」と、良作が先回りした。

「はい、あります。ファンドには出資金を償還する義務はないんです。だからこそ、ファンドは投資家たちの信用を裏切らないよう、必死になってやってくるわけです」

「なるほど。確かにそうなるでしょうね。失敗ばかりしているファンドに、大切なお金を投資しようという人はいなくなりますから」

「おっしゃるとおりです。それで、そのファンドですが……先ほど隆会長がおっしゃったハゲタカファンドというのは、『ヘッジファンド』と言って、利益を確保するためには少々荒っぽいことでもやる、短期決戦・一発勝負型のファンドなのです。ですから、私どもが通常関わっているファンドとはまったくの別物だと思ってください」

そう言ってふたりを納得させると、幸亀は穏やかな表情で説明を続けた。

日本M&Aセンターが仲介の相手先としているのは「PEファンド＝プライベート・エクイティ・ファンド」と呼ばれる投資ファンドである。

未公開企業の株式を取得すると同時に「ハンズオン」と呼ばれる、社外取締役を派遣し積極的に経営に関与する手法によって、数年から、ときには十年という長いスパンにわたって企業価値を高め、然るべきときに、株式市場、あるいは事業会社に売ることで利ざやを稼ぐというのがビジネスモデルである。

会社を、例えば、一隻のマグロ漁船として考えるとわかりやすい。

投資ファンドがオーナー兼船長から漁船を買うとき、彼らが買うのは単に船体だけではない。乗組員ごと買い取る。ファンドは海のプロではないので、自分たちだけで船を操り、漁をすることはできないからだ。しかし、それだけでは不十分である。船の舵取りをしてくれる優秀な船長が必要だ。となれば、よそから引き抜いてくればよさそうなものだが、いまの船長以上に船や乗組員のことを知り尽くしている人間はいない。サムカワフードプランニングという船の場合は特にそうである。

だから、ファンドは、船長も込みで漁船を買うことになる。つまり、船長は船のオーナーから、「雇われ船長」になるわけだ。

外から見れば、同じ船長が以前と同じ船と乗組員を使ってマグロを獲っているわけだから、何も変わらない。しかし、ファンドとしては、いままでどおりの漁獲高では困る。何年か後には、その船をより大きく高性能なものにして価値を上げたうえで第三者に転売し、そこから利益を得なければならないからだ。

そこで、ファンドは自分たちの中からふさわしい人物を船に送り込んで、船長や他の乗組員に対してこれまで以上にたくさんのマグロが獲れるよう、さまざまな指示やアドバイスをしていく。

そうやって稼ぎ出した金を、船を買うときに借りた借金の返済に充てながら、船の装備を充実させ、さらにたくさんのマグロが獲れるような船に改造していくのだ。

そして、数年後に全ての借金の返済を終えたファンドは、この船を別のファンドか、あるいは企業に売ってエグジット――となるわけだが、良作たちにはさらにその先がある。ファンドが船を手放した後も、そのまま船に残り、その船が特定の会社ではなく、一般の市場に売り出せるように舵取りをしていく。つまり、船の権利を小分けにして誰でも買えるようにするわけだ。

こうしておけば、いずれは新しい船長をはじめとする船員たちが、市場で金を払って船の権利を買うことができるようになる。つまり、自分たちが長年乗ってきた船を、名実ともに「自分たちの船」にできる。そして、それこそが寒川良作が目指した将来の会社の姿なのである。

ひととおりの説明をし終えた幸亀に、良作がテーブルに置かれたグラスの水を含んでから言った。

「我々の最終的な目標は、前にも話したように会社を上場させることですが、幸亀さんの話を伺っていると、やっぱりファンドのほうがその可能性が高いのかなという感じがしますね」

「はい。事業会社にせよ投資ファンドにせよ、あらかじめ将来的なＩＰＯが売却の条件であることを明示しておき、そのうえで会ってみてダメだなと思ったら断ればいいんです。その辺は普通のお見合いと同じですから、そんなに難しく考える必要はないと思いますよ」

「なるほど」と言ってから、良作は思案顔になり、兄のほうを見た。

「兄貴はどう思う?……ファンドと事業会社……」

「ここまでの話を聞いている限り、俺はファンドのほうが合っているような気がするな」

「俺もだよ」

良作が短くつぶやき、あらためて幸亀に向き直った。

「基本的にファンドで行きたいと思います」

兄弟の思いを統一した良作のそのひと言が、サムカワフードプランニングの会社売却からＩＰＯの実現へ向けての長い道のりの第一歩となった。


その日から、幸亀は早速に次のステージへ向けての作業に取り掛かった。まずは、ファンドの選定である。

日本には、投資ファンドと呼ばれる業態の会社が数十社ある。

それぞれに特徴があるが、まずは投資する資金の大きさによって分類することができる。

一億・二億の単位から数百億といった巨額の投資まで、投資できる金額はまちまちだが、当然ながら投資額が大きいほうが成功時のリターンも大きく、それがその会社の規模とリンクすると言ってもいい。あるいは、専門分野や得意とする業種で分類することもできる。ヘルスケア・製造業・サービス業限定といったことを掲げるファンドも多い。

意思決定まで慎重で腰の重いファンドもあれば、積極的に動いて意思決定の早いアグレッシブなファンドもある。

幸亀は、そうしたファンドの特徴や性格といった要素を勘案しながら、サムカワフードプランニングに適していると思うファンドを選定し、最終的に十数社に絞って接触を試みていった。

守秘義務契約があるので、社名はもちろん伏せたままで、業種と売上げなどのデータを提示して判断を仰ぎ、それが自社の投資基準に合わないと回答してきたファンドはリストから外していく。そんな作業を進めていった。そうして、その過程で、幸亀は若干の不安を胸に抱えた。

今後ますます少子高齢化が進む日本において、外食産業市場が縮小していくことは必然である。しかも、日本がデフレ不況下にあり、低価格化競争が進んでいる外食産業は決して人気のある業種ではない。そんな逆風が吹く中で、果たしていったい何社が興味を示してくれるのだろうか――。

しかし、幸亀の懸念は杞憂に終わった。

いざフタを開けてみると、取引きのあるファンドの四割近くから反応があったのである。野球ならば、タイトルを狙えるくらいの高打率だった。

「詳しい話を聞かせてほしい」と手を挙げたファンド数社と、日本Ｍ＆Ａセンターがあらためて守秘義務契約を結び、売却を希望している会社が〈鳥良〉や〈磯丸水産〉の経営母体であることを開示した。

まず返ってきたのが、それらの店に「行ったことがある」「よく知っている」といった反応だった。

実際に店舗で飲食したという経験があると、それが実感となって会社の評価につながる。他の製造業などと比べ、衣食など生活に直接関わっている企業は親しみが湧きやすく、有利に働くのだ。

「美味しい」「従業員の接客態度がいい」「繁盛している」「コストパフォーマンスがいい」

周囲からもそういった評判が耳に入ってくれば、担当者としても、俄然、乗り気になる。

結果的に、「本格的に腰を据えて検討したい」と、四社のファンドが挙げた手を残し、経営者である寒川兄弟との面談＝マネジメントインタビューが七月から八月にかけての二ヵ月間で行われることになった。

最初のミーティングから相手先のファンドが決定するまでは比較的緩やかなスピードだったが、漕ぎ出した舟が加速度的に進み出したのである。

寒川兄弟と日本M&Aセンター・幸亀三人の秘密裏のミーティングが回を重ねていく。

渋谷駅から「いつものラウンジ」のあるセルリアンタワーまでは歩いて五、六分ほどだが、その途中に決してなだらかとは言えない坂がある。その坂道の中程で、幸亀は一度立ち止まり、額に浮いた汗を拭ってから上着を脱いだ。時計を見ると、約束の二時までにはまだ三十分近くある。早く着いてエアコンが効いたラウンジで休んでいれば、寒川兄弟がやって来る頃までには汗は引くだろう。頭上から照りつける初夏の太陽を眩しそうに見上げると、「よし」と自らに声をかけて、再び坂道を上り始めた。

待ち合わせのラウンジに行くと、寒川兄弟はすでにテーブルについていた。幸亀は急いで上着に袖を通すと小走りで彼らの席に向かった。

「お待たせしてすみません」

恐縮する幸亀に、「いやいや」と良作が手を振って応えた。

「僕たちが早く着いただけですから」

良作の口ぶりは「たまたま」という感じであったが、彼らが約束の時間より早めに来るのはいつものことだった。

一般的に、社長と呼ばれる人たちは時間ちょうどか、少し遅れた頃に登場することが多い。それなのに、寒川兄弟に関して言えば、どんなときでも約束の時間の十五分前には必ず指定の場所に現れた。それが寒川兄弟の今回の取引きにかける熱意の表れであるということを、幸亀は早い段階から気づいていた。とにかく、全てにおいて、行動が「速い」のである。いついつまでに必要なデータや書類を揃えておいてほしいといった要望には、必ず幸亀が設定した期限前に応えることが常で、今日もまさにそうであった。

幸亀による経過報告が一段落すると、良作が脇に置いてあった手提げ袋のひとつから書類の束を取り出して幸亀の目の前に置いた。

「これが例の書類と、データの入ったCDです」

四社のファンドとの質疑応答が始まる前に、相手方に提出する契約関係の書類や事業計画書に不備や不審な点がないかをチェックしておくために、幸亀が事前に用意しておくよう伝えておいた書類だった。

「お預かりします」

書類を確かめる幸亀に、良作が口を開く。

「幸亀さんがおっしゃったように、いい材料も悪い材料も、そこに全部入っていますから」

「ありがとうございます」と答えたが、そう言われなくても幸亀には寒川良作が隠し事や嘘を嫌う性格の人間であることはわかっていた。

売上げ百億規模の企業ともなれば、その資料は膨大である。

部下を使えば資料を集めるのもそれほど大変なことではないだろうが、こと、M＆Aに関する書類となると話は別だ。

誰も出社していない日曜日を見計らって、寒川兄弟は二子玉川のオフィスに行き、金庫の中の契約書をひとつずつ確認しながらコピーを取っていった。知らない人が見たら産業スパイか何かと思うだろう。それを兄弟ふたりだけでこなしていったのである。

「これだけの書類を集めるのは、大変だったでしょう……」

幸亀の言葉に、良作と隆が顔を見合わせて笑った。

「まったく、普段やり慣れてないことをするのは肩が凝って大変ですよ」

バツが悪そうに笑う良作に、幸亀が視線をまっすぐ向けた。

「これから先、実際にマネジメントインタビューが始まると、まだこの何倍も……それこそ山のように用意していただくことになると思いますので、覚悟しておいてくださいね」

口調こそ冗談めいていたが、幸亀の言葉に誇張はなかった。

文字どおり、重箱の隅を突くように、「どうしてこんなものまで必要なんだよ」と、クライアントたちが愚痴を漏らしたくなるような資料まで要求することもある。

「『丸裸にする』なんてよく言いますけど、まさにそんな感じですね」

良作の言葉に、苦笑いと含み笑いの入り混じった表情を浮かべて幸亀が答えた。

「もしかしたら、それ以上かもしれませんよ。脅かす訳ではありませんが」

「そんなに厳しく調べられるんですか？　なんだかいまからドキドキするなぁ」

「そうは言っても、寒川さんの場合はそんなに心配することはないと思います。案ずるより産むが易しですよ」

「だといいんですが……」

珍しく弱気な言葉を吐いた良作に、幸亀が間髪入れずに続ける。

「他社さんを悪く言うつもりではないのですが、例えば、資料の提出をお願いしても、その企業によって結構バラつきがあるんですよ。経営計画書にしても、毎年きちんと作っている会社もあれば、そもそも最初から作っていないという会社も少なくない」

「そうなんですか」

「ええ。いい加減と言うと語弊がありますが、結構アバウトな経営をしている社長さんもいらっしゃって……。そういった点から見ても、寒川さんは非常にしっかりやられているので、私としては、それほど心配はしていないのです」

ファンドとサムカワフードプランニングの対面が始まる前に、日本M＆Aセンターも、寒川兄弟が提出した資料の中身を精査し、例えば、事業計画書であれば、そこに書かれている計画が本当に実現可能かどうかをひとつひとつ検証していく。当然、そのためには寒川兄弟との質疑応答が必要となり、提示する質問内容は「売却理由」から始まり、「経営や出店の戦略」「商品開発」「人事組織」といった項目が五十近くにも及ぶ。

実際には、資料を元に幸亀が質問してそれに寒川兄弟が答えるという形式で企業評価がなされていくわけだが、これまでのふたりの言動を見る限り、この先のファンドによるマネジメントインタビューが円滑に行くであろうことは幸亀にもある程度は想像できた。

「寒川さん」

幸亀は、あらためて良作たちふたりに呼びかけた。

「マネジメントインタビューと聞くと、どうしても一方的にファンドから聴取を受けるというイメージを持たれると思いますが、前にも申し上げたとおり、これは一種のお見合いです。いくら向こうが買いたいと言ってきても、寒川さんたちのほうが、このファンドは合わないと感じたら断ることができるのです。こっちが相手を選ぶくらいの気持ちで行きましょう」

「そうですね。そう考えれば気が楽になる」

良作は、確かに幸亀の言うとおりだと思った。会社を売却すると言っても、自分たちの経営が行き詰まってファンドに助けを求めているわけではない。本音としては、まだ売りたくなかった。売るにはあまりにも惜しい会社だと思っていた。だからこそ、買い手は余計に欲しがるだろう。商売には流れや潮時というものがある。売りたくないときこそが売り時《どき》、そう考えれば、いまが絶好のチャンスなのかもしれない。

良作は、脳裏を行きつ戻りつする思いにそう結論づけた。

「当たって砕けろ！で行きましょう」

自らに言い聞かせ、白い歯を見せて笑う良作の目に強い決意がみなぎった。

二〇一〇年七月・八月

民主党の政権が鳩山内閣から菅内閣に替わり、遠い海の向こうのアフリカ大陸では、サッカーのワールドカップが開幕し、日本代表のユニフォームを纏《まと》った渋谷の若者たちの狂乱のうちに季節が移り変わっていった。

しかし、寒川兄弟にとっては、そんな世間の動向が別世界の出来事のように感じていた。自分たちのこと、つまり、サムカワフードプランニングのことが日常生活と頭の中の全てを占めていた。

六月から七月後半にかけて、幸亀や会計士による企業評価が終了し、八月に入って、いよいよファンド四社によるマネジメントインタビューが始まった。

場所は東京駅に隣接する丸の内トラストタワー本館にある日本M＆Aセンターの一室が提供された。

通常、マネジメントインタビューは一社あたり複数回行われる。

寒川の側からすれば一ヵ月の間に計十回ほどのインタビューを受けることになるので、肉体的にも精神的にも相当な負担となる。だから、ファンドからの質問事項は幸亀があらかじめまとめておき、事前に答えてもらえる部分はメールで回答を得たうえで、ファンドが寒川に直接会って聞きたいことをピックアップし、マネジメントインタビューの効率化を図った。

ファンドが知りたいのは、経営者の全体像である。

何十億円という巨額の投資をするのだから、社長の経営者としての能力や人間的な魅力もかなり重要な判断材料として注視するのは当然である。「会社の細部までいちいちタッチしていないので答えられない」――そう開き直る社長もいるが、それでも、会社の事業方針や経営数字の主要な点については社長自らが答えなければならない。ファンドとハンズオンでともに手を携えて経営に当たっていくわけだから、それは当然と言えば当然だろう。

寒川が受けた質問の中で、やはり集中的に聞かれたのは、将来的な成長戦略についてであった。将来、企業価値がどのくらい高まるのか、提示された事業計画が本当に可能なのか、さらに細かく、なぜその売上げが見込めるのか、どうしてその利益が得られるのか、それに対する組織はどうなっているのか、商品はどのような仕組みで開発されているのか。幹部・マネージャーの人数、一店舗あたりの社員数、それぞれの勤続年数といったことまで質問を浴びせられた。

ファンドの者たちは、実際に店舗に足を運び、実地調査もしているので、現場で起きていた問題も質問してくることがあった。例えば、「先日、〈鳥良〉のある店舗に行ったところ、どうも人手が足りていないように見えたが、アルバイトの確保にはどのような方策を取っているのか」。

そうした厳しい質問にきちんと即答できるかどうか、つまり、経営者が現場にまで目を配っているかどうかまで見ているのである。

マネジメントインタビューにはいつも寒川兄弟のふたりで臨んだが、受け答えはもっぱら良作が担当することにしていた。ふたりが思い思いにしゃべると、話が嚙み合わなくなる可能性もゼロではない。そこを追及されることを懸念したのだ。

「質疑応答に関しては、社長のお前に全部任せる。俺は第三者の目で、お前が答えるのを黙って見ている。それが良かったか悪かったかは、終わってから話す」

そんな隆の言葉がきっかけだった。

インタビューが終わり、ふたりきりになるとすぐに、良作がその日の「出来」について聞く。すると、隆が「今日は良かった」「今日は予算の説明でちょっとつまずいたな」といった具合に答え、それを次回までにどう修正するかを話し合っていった。

財務については、ファンドもプロである。過去のデータや数字を見れば明白なので、それほど深くは突いてこないが、具体的な数字に関しての矛盾や誤謬はすぐに気づかれてしまう。だから、良作は徹底的に数字を頭に叩き込んでからインタビューに臨んだ。普段は細部よりも大きな視点で経営を見ているので、全ての小さな数字までは見ていないのだが、否が応でも頭に入れておかなくてはならない。そのことが、良作には自分の経営を見直すという点で良い機会になっていたことも事実である。

それぞれのファンドが、〈鳥良〉や〈磯丸水産〉に足を運び、その料理のクオリティの高さを実感し、次に寒川良作というカリスマ経営者の取ってきた戦略が結果的に会社の業績として数字に表れているのを目の当たりにして、最初は外食産業に多少消極的だった姿勢も、徐々にサムカワフードプランニングの取得に対して前のめりになっていった。

そのファンドの一社がポラリス・キャピタル・グループであった。

同社を率いる社長の木村雄治は、最初にこの案件が俎上に上がったとき、それほど積極的に進めようという気持ちにはなれなかった。

以前から手羽先唐揚の〈鳥良〉は知っていたし、実際、会合などで何度も店舗を利用したこともあって、親しみや好感を持っていたことは事実である。二十四時間、手頃な価格で新鮮な海の幸が食べられる魚介特化型の居酒屋〈磯丸水産〉が、デフレ経済対応型でかなりの成長が見込めることも理解はできた。しかし、これまでに一度も扱ったことのない外食産業である。

人口の減少に伴う市場の縮小が避けられないという理由もあったが、何よりも木村が懸念したのは、レピュテーション(風評・評判)リスクである。狂牛病や鳥インフルエンザのことを思い出せばわかるように、衣食住の中でも、人は口に入れるものに対してはことのほか神経質になる。それゆえに打撃を受けやすい業種であり、それが木村に二の足を踏ませる要因となっていた。

そんな木村の迷いを吹っ切るきっかけとなったのが、寒川隆・良作兄弟という経営者との対面だった。

一般的に、投資ファンドのトップ自らがマネジメントインタビューに立ち会うということとは稀である。しかし、木村はこの寒川の案件に関しては第一回目から参加した。その理由は、外食産業に対する危惧がある一方で、サムカワフードプランニングの将来に大きな可能性を感じていたからだった。

木村自身、それまでオーナー事業承継の案件を何度か経験してきた中で、売却側のオーナー心理として、これから自社のスポンサーとなるかも知れないファンドの代表がどんな人物であるか、それを自分自身の目で確かめたいという欲求があることを知っていた。

特にポラリス社は、設立六年目と歴史が浅い新興勢力の一角であったため、オーナーの不安を取り除くためにも、その代表が顔を見せることは重要だったのだ。

木村と寒川兄弟が初めて顔を合わせたのは、二〇一〇年の八月六日だった。

うだるような暑さの中、三人のスタッフを従えてその部屋に入った木村は、自分たち一行を迎えるためにさっと席を立ち、折り目正しく会釈する寒川兄弟の姿に、ある種の感銘を覚えた。長年の接客業で体得した身のこなしというだけでは説明できない、誠実さや謙虚さをそこに感じ取ったのだ。

ひととおりの挨拶と名刺交換が終わると、まず、木村が今回の案件に自社が手を挙げた理由を説明し、何としてもこのディールが成功することを願っているといった趣旨の言葉を述べた。

端的で冷静でありながらも、自信に満ちた口調だった。

そんな木村に対して、良作が切り出した。

「口下手と申しますか、人前でしゃべることが昔からどうも苦手でして……」

それが単なる謙遜ではないことは、良作の額にうっすらと浮かんだ汗が証明していた。すでに二社とのマネジメントインタビューをこなしていたが、それでも良作は、こうした雰囲気に馴染めないでいる。

確かに雄弁とは言い難かった。しかし、発する言葉のひとつひとつの丁重さが良作の誠実な人柄を示していると木村は感じた。

「これまでに何度も同じような質問をされているとは思いますが」

木村はそう前置きすると、兄弟ふたりが手塩にかけて産み育ててきた会社の株を手放す理由を訊ねた。幸亀との面談を皮切りに、良作はこれまでに何度もその話をしてきた。理由だけなら書面でも伝えることができる。しかし、彼らファンドの者は、それを直接に、経営者の肉声を通して聞きたいのだということを良作は理解していた。

幸亀に話した内容と同じことを、良作は、過不足なく正確に木村に伝えた。

「素晴らしい兄弟愛というのか……すごくいいお話ですね。よくわかりました」

普段はあまり感情を表に出すことのない木村だったが、思わずそんな言葉が口をついて出た。メガネの奥の瞳に、温かな色が挿した。

未公開のオーナー企業の場合、経営の中身が不透明で、よく調べてみると意外な経営の実態が露わになることも少なくない。木村もこれまでにかなりの数に上る事業承継の案件にトライしてきたが、その中で実際に具現化するのはほんのひと握り、数パーセントといったところである。

だから、会社の売却を希望するオーナーに対してはどうしても厳しく見てしまう傾向があるのだが、ヒアリングを続けていくうちに、最初に寒川兄弟を見たときに得た自分の第一印象に間違いがなかったことを確信した。

会社のオーナーと一口に言っても十人十色である。立て板に水がごとく、饒舌に自前の経営論を語る者もあれば、妙にへりくだって卑屈になる社長もいる。またその一方で、自分の優位性を誇示するように、終始横柄で独善的な態度を崩さない者もいる。しかし、寒川良作はそうした中のどのタイプの経営者とも似ていなかった。

意志の強さを示す、よく発達した顎。それを支える太い首と野武士のような風貌……見た目は押し出しの強い豪腕経営者そのものだが、その態度や表情・口調はあくまでも穏やかで繊細な気遣いができる人間であることを物語っていた。

オーナー事業承継のポイントは、スポンサーと同じ船に乗れるかどうかである。

特に外資系のファンドに見られるケースだが、外資系は基本的にリストラについては厳しく言うが、後の細かな経営については現経営者に任せることが多い。そうなると、株はスポンサーに押さえられてはいても、実際に経営しているのは自分で、会社もまだ自分のものという認識から離れられず、経営スタイルをまったく変えない場合がある。こうなると、一隻の船にふたりのかじ取りが乗り込んだようなもので、いずれは暗礁に乗り上げる。事業承継をスムーズに行うには、スポンサーと経営陣が一致団結することだと信じる木村にとって、寒川良作という男はまさに船長にうってつけの男に見えたのである。

「寒川社長……」

メガネの弦《つる》に手をかけて、木村が語りかけるような口調で言った。

「ひとつお聞きしてもいいですか」

「なんでしょう……」

「寒川社長がお考えになっている、その根本となる経営理念と言いますか……事業に対する思いはどこから来ているのですか？」

「経営理念ですか……」

「ええ。細かい数字やデータといった各論に関しては、また次回に伺うとして、今日はそういった総論的な話もお聞きしたいと思いまして」

木村の言葉に耳を澄ましながら、良作は、ふと、いま目の前で口を動かす人間が、自分とは別種の生き物である気がした。

高価なスーツに身を包み、日本語よりも英語の発声が似合いそうな木村雄治という名の、ファンド代表者の顔立ち、その振る舞いに気後れがした。

子供の頃から十分な教育を受け、厳しい受験競争を勝ち抜き、東大を経てＭＢＡを取得した生え抜きのエリートである。そんなサラブレッドのような人間を相手に、自分のような、ロクに勉強もしてこなかった野生馬が、ドラッカーだ、コリンズだと言ったところで所詮かなうわけがない。

しかし、いまここにいる自分の存在を恥じたり、隠し立てすることには意味がないだろう……。経営者に限らず、人間の価値を決めるのは、「何を言うか」ではなく、「何を為すか」なのだ。

瞬時のうちにそう思い至り、良作の肩がふっと軽くなった。

口元にわずかな笑みをたたえ、胸を張りながら、やがて、良作が語り出した。

「私がやってきた事業の根っこにあるのは、すべて母から教わったことです」

第二章

萌芽のとき

寒川良作は、昭和三十四年(一九五九年)十二月十六日、父・寒川雄之助と母・敏子の二男として名古屋市伏見で生まれた。そのとき、母親は自身の兄が経営する旅館で、住み込みの手伝いをしていたため、その旅館の小さな一室で、良作は二歳年上の兄・隆とともに幼少期を過ごした。

良作には母が横になって休んでいる姿を見た記憶がない。三百六十五日、昼夜問わずに働き詰めだった母は、食事だけは三食しっかりと手作りの料理を家族のために用意したが、一緒に食卓を囲むのは皆無に等しかった。

家事と仕事は完璧にこなしたが、ひとりの母親として子供たちに接することは時間が許さなかった。だから、運動会や学芸会といった学校の年中行事に一、二度顔を出したことがあるだけで、一家揃っての家族旅行などというものは、夢のまた夢だった。

よその家の子供のように、お母さんと手をつないで歩いてみたい。膝の上で抱っこしてもらいたい。一緒にお菓子やおもちゃを買いに行ってもらいたい。無性に甘えてみたい。隆・良作兄弟の、そんな子供らしい願いは一切叶わなかった。

毎日必死で働く母親の背中を見ていたから、いつの間にか我慢するのが当たり前と思うようになっていた。

そして、母の敏子は、ことあるごとに隆と良作にこんな話をした。

「お前たちが毎日食べているご飯も、着ている服も、履いている靴も、学校の給食代も、そのためのお金は全部お客さんからいただいたものなんだよ……。だから、お母さんは、お客さんたちのことを一生懸命にお世話してあげているの」

「お客さん」と一言で言っても、ひとつの塊ではなく、ひとりひとりが個性を持った人間の集まりである。そのひとりひとりを大切にして、誠心誠意尽くしていくうちに、やがて、信頼が生まれていく。商売というものはその積み重ねであり、自分たちの幸せにつながっていくのだ。

驕り・甘え・自惚れという、経営者が侵されやすい病気に自分たち兄弟が侵されなかったのは、そんな母の教えがあったからではないかと良作は思う。

母・敏子の生家は、岐阜県大野郡の荘川村で民宿を営んでいた。子供の頃から両親の仕事ぶりを見ていた敏子は、「接客」や「商売」というものの本質をつかんでいた根っからの商売人だったのである。

良作が八歳のときに妹の弘美が生まれ、それから二年後に、敏子は自分の兄を保証人に立てて銀行から融資を受け、名古屋市内に三階建て十八室の小さなホテルを建てた。それを機に、一家はその建物の一角に引っ越すことになった。

それまでは親戚の家に間借りをしているという負い目が良作の心のどこかにあった。しかし、これからは自分たち家族の家に住めるのだ。ところが、いざふたを開けてみたら、新しい城は、それまで四畳だった部屋がわずか半畳増えただけの従業員部屋だった。

敏子は徹底したリアリストだった。自分たちが広い部屋に住んだところで、そこから利益は生み出されない。また、自分たちがお客さんより立派な部屋に住んでいては商売人として申し訳が立たない、そんな気持ちが働いたのである。

念願であった自分の城を持つことができた敏子は、前にも増して仕事に精を出すようになった。夫の雄之助も勤めていた会社を辞めて、ホテル経営に専従し、絵に描いたような右肩上がりで商売は繁盛していった。

日本の経済は後に高度成長期と呼ばれるように、飛躍的な成長を遂げていた。良作が四歳のときに、東京オリンピックが開かれ、東海道新幹線が東京と大阪をわずか三時間で結んだ。

そうした世相の下、物心ついたときから、常に従業員や客といった他人の気配を感じながら暮らしていた隆・良作兄弟にとって、家族水入らずの生活を送ることができた時期がたった一度だけある。

ホテルの建て増し工事をするために、一時的にホテルを出る必要があり、一家で近くのアパートを借りて移り住んだのである。日数にしてたった数ヵ月だったが、そこは古い木造建築のボロアパートにもかかわらず、初めて自分たち家族だけが住む「我が家」となった。良作は、そのときの期待と興奮に胸躍る気持ちを、大人になっても鮮明に覚えている。

建て増しでホテルの規模が大きくなった分、敏子は活き活きとしていた。

フロントに立つその背中を見て、良作は子供心にも母の接客に感心した。

例えば、客がフラリと入って来て、「今回も世話になりたいんだけど」と声をかけられたりすると、間髪置かずに「あら、◯◯さん、いらっしゃい。お久しぶりです」と、親しみを込めて客の名前を返すのである。敏子は一度来たお客さんの顔と名前をすべて記憶し、その数は優に千人を超えるようになっていた。

客がどんな人間でも誠意を持って接する敏子の姿勢は、ホテルで働く従業員たちに対しても変わらなかった。「人を顎で使う」などということはもちろん、決して横柄な口も利かなかったし、自分がどんなに疲れているときでも従業員をいたわることを忘れなかった。

そんな母親の態度や地道な努力が商売繁盛という結果に結びつく様子を見ているうちに、良作の心の中に接客に対する興味が芽生えたとしても不思議はない。

しかし一方で、年頃の少年に成長した良作にとって必要だったのは「母親の関心」だったのも確かだ。

寒川良作は徐々に非行に走るようになっていた。どこかで喧嘩があると聞けば、仲間を引き連れて飛んで行き、真っ先に暴れた。

中学二年のとき、全校生徒が居並ぶ前で、ひとりの教師が「寒川くん、まっすぐ立ってみろ！」とマイク越しに告げた。しかたなく、口を尖らせて体育館の床から立ち上がると、その教師がこう言い放った。

「足のつま先から頭のてっぺんまで全部が校則違反だな！」

髪にはパーマがかかり、制服も靴もすべて規則を破っていた。しかし、誰にも迷惑をかけた覚えはない――良作は「それがどうした？」と一言だけ返した。

一度でも、「不良」という烙印を押された少年に対する周りの目は冷たい。それに背を向けるように、高校へ進学してからも、良作の喧嘩癖は収まらない。ついに学校から良作の母である敏子が呼び出された。

困惑顔の担任の教師を一瞥すると、教頭が苦り切った口調で言った。

「ご両親からも何とか言ってもらわないと……。このままいくと、寒川は道を外しますよ」

敏子は頭《かぶり》を振った。

「うちの息子は、自分でやっていいことと悪いことがわかっています。そのようなことは絶対にありません！」

家に帰ってからも、母はひと言も良作を責めることはなかった。が、その話は、やがて人づてに良作の耳にも届いた。

おふくろは俺のことを最後まで信じてくれているんだな――そう思うと同時に、良作は、我と我が身を深く恥じた。どんなときも常に自分の事を信頼してくれている母親の愛情の深さにあらためて気づき、もう二度と母親に心配をかけるような真似はすまい、これまでの恩に報いたい、そう考えるようになった。

良作は世間から見れば「不良」かもしれなかったが、心は真っ直ぐであった。将来への希望も捨てていたわけではなかった。と言うよりも、むしろ、「いつか必ず何者かになってやる。そして、絶対に成功して、見返してやる」という志を持ち続けていた。

でも、何をやるか――

そのときに考えつくのは「衣食住」だった。

衣食住に関わることは人間が生きていくうえで必須である。絶対に廃れることはない。しかし、住まいなら一度建ててしまえば一生その家に住む人もいるだろうし、親が建てた家に住み続けることもある。着る物なら、一度手に入れてしまえば、極端な話、一年でも二年でもずっと同じ服を着ていられる。だが、食べ物には毎日必ずお金を払わなければならない。どんなに不景気なときでも、人は食べないと生きていけないのだ。ならば、食べ物でいこう。自分がやるべきことはそれしかない。良作はそう考えた。

そこで、良作は高校を卒業すると同時に、丸進青果という青果会社に就職した。

一九七七年のことである。その年の三月には、地元を走る名古屋市営地下鉄・鶴舞線の伏見駅－八事駅間が開業した。

良作が生まれて初めて給料を得る職場は、その名古屋にある中央卸売市場だった。生産先から仕入れた青果物をスーパーや飲食店に卸すのが仕事の中身だった。良作はこの会社を足がかりに、ゆくゆくは名古屋市内で八百屋かスーパーを経営したいと考えた。

仲買い人が競り落とした野菜を八百屋のトラックまで台車で運び、トラックに積み込んでいく。市場の朝は早い。朝の五時六時になると、職場は戦場と化した。

誰もが我先にトラックに向かうので、そこかしこで台車や荷車の渋滞ができる。一刻を争っているから、気も荒くなる。

「邪魔だ！　どけぇ！」「たわけ！　こっちが先だろ！」

そんな怒号が飛び交い、すぐに喧嘩が始まる。

市場に足を踏み入れたばかりの新人たちは毎日ビクビクしていたが、中学・高校で腕っぷしを鳴らした良作は、十代とは思えない堂々とした仕事ぶりで周りからも一目置かれる存在になっていた。

心地よい疲労とともに、充足した毎日を過ごした。

やがて、二年が過ぎようとしていたある日、父の雄之助が、息子の良作に切り出した。

「良作……お前、前に、食べ物関係の仕事がしたいって言ってたよな？」

「ああ、言ったよ。いまでもそう思っている」

「お前、〈風来坊〉という店があるの、知ってるか？」

「いや。なんの店？」

「手羽先唐揚の店だ。一度食いに行ってみろ。将来のことを考えるうえで、きっと何かのヒントになるぞ」

働き者の良作は、父親のそんなアドバイスを素直に受け入れた。

市場の仕事が終わった後で同僚を誘い、その店を訪れてみた。

到着した時刻は夕方の五時過ぎだ。夕食にはまだ時間があるというのに、店の前には開店を待つ客の列ができていた。

カウンター十席・テーブル二席ほどの小さな店の中に、良作たちはしばらく待たされてから案内された。

店内に足を踏み入れた途端、突風を受けたように、活気に満ちた空気が全身を包み込んだ。

カリカリッと手羽先の揚がる音が聞こえ、香ばしい匂いが耳と鼻を同時に刺激した。手づかみで手羽先にかぶりつく先客たちの満足そうな表情に、否が応でも期待が高まった。

料理などそれまで一度も作ったことがなかったが、カウンターの向こうでテキパキとした手さばきで小気味よく手羽先を揚げていく職人たちの姿に、良作はぽかんと口を開けて見とれてしまった。

やがて、皿に盛った名物の手羽先唐揚が目の前に運ばれてきた。

ゴクリと唾を飲み込み、良作は一本目の手羽先唐揚に手を伸ばす。

口元に近づけると、ニンニクと焦げた醤油の香りが鼻腔をくすぐった。鶏皮のパリッとした歯ざわりに驚きながら、さらに肉を噛んでいくと、そのやわらかな旨味と脂がスパイスと渾然一体となって口いっぱいに広がった。

それまで一度も食べたことがない味に、良作は、思わず「なんだ、これ……」とつぶやいていた。

「めちゃめちゃ旨いな！」

一緒に行った同僚も相好を崩して言った。

「ああ、めちゃめちゃ旨い」

衝撃的な出合いだった。

そして、一皿目を食べ終わったときには、良作は「これを自分の手で作ろう」と思い始めていた。

翌日、良作は丸一日考えてから、それまで勤めていた丸進青果を辞めることにした。決断は揺るがなかった。

そうして、一ヵ月後に良作は丸進青果を円満退社し、〈風来坊〉を再訪した。今度は客としてではない。店へ弟子入りを申し込んだのだ。

良作の熱意に押されるように、店主である大将は実弟の経営する別の店を良作に紹介し、そこで住み込みで働くよう命じた。

当時は板場で働くなら中学や高校を出てすぐに修業に入るのが当然だったので、二十歳《はたち》を過ぎた良作への風当たりは厳しいものだった。

その店はほとんど家族経営の成り立ちで、奥さんと大将、それに彼らのふたりの息子の他に、二、三人の従業員がいるだけだった。仕入れ・仕込み・営業・閉店仕事まで、みんなで一丸となって店を切り盛りしていたが、良作にとっては決して居心地の良い職場ではなかった。

ほんの小さな行き違いがもとで、他の店員よりも手厳しい扱いを受けるようになった。しかし、そのことが逆に良作の独立心に火をつけた。どんな目に遭おうとも、それに耐え抜き、一刻も早く職人として必要な技《わざ》を身につけ、独り立ちすることを目標にすることができた。

〈風来坊〉にいた二年ほどの間に、味覚・嗅覚・触覚・視覚・聴覚の五感すべてを総動員して修業に励み、その味を頭と体に叩き込んだ。

「門外不出」とされた手羽先唐揚のタレのレシピは最後まで明かされることはなかったが、いつかこの味を超えるものを自分自身の手で作り、客に「あっ」と言わせてやる――そんな決意で、良作は店を飛び出た。

行く先は決めていた。

東京である。

しかし、良作にはその前にやらなければいけないことがあった。

高校時代から付き合っていた恋人・恭代と結婚式を挙げることである。

仲人は叔父に頼んだ。

そして、披露宴の挨拶で新郎新婦の紹介をする叔父が、ある日、良作を呼び寄せて聞いた。

「お前、いま、何やってるんだ？」

「何って……？」

「職業だよ。仕事は、何をやってるんだ？」

一瞬、良作は答えに詰まった。なにしろ〈風来坊〉を辞めたばかりで、何の職にも就いていなかった。文字どおり風来坊になっていたのだ。とは言え、「無職です」と言うわけにもいかない。

二十四歳の良作は、ひとつ咳払いして襟を正し、あらたまった口調で答えた。

「東京に行きます。東京で自分の店を持ちます」

現在ではなく、未来の絵だった。いまの仕事ではなく、明日の自分の道だった。

結婚式の当日、披露宴の席で挨拶に立ったモーニング姿の叔父が、手にしたメモを読み上げていく。

「新郎の寒川良作は、近く東京に進出し、料理店を開業、これをさらに発展させて、支店を次々と出して事業を行う予定であります」

その場しのぎで根拠もなく言ったことを、自分の叔父が大勢の出席者の前で、あたかも決められた道のりとして宣言するのを、良作は顔を赤くしながら聞いた。

孫子の兵法に「拙速は巧遅に勝る」という言葉があるが、寒川良作という人物はまさにそれを自分の生き方で体現してきた男である。

肝心なのは、先々のことをあれこれ考える前に、まずは足を前に一歩踏み出すこと。考えるのはそれからでも遅くない。それが良作の基本的なスタンスだった。

とは言え、「東京に出て来た」はいいが、西も東もわからない大都市で、まず、何をやればいいのかがわからなかった。無鉄砲きわまりない考えだが、「あの〈風来坊〉に匹敵する独自のタレさえ完成できれば、独立できる」と勝手に思い込んでいた。

新妻の恭代と一緒に店を出そう。そんな夢見で、とりあえず、恭代は客商売の基礎を学ぶために良作の実家のホテルで、良作自身は居酒屋チェーン〈ニュー浅草〉の浜松町店で住み込み従業員として働き始めた。

そして、定休日の日曜日は、タレの研究と店舗の物件探しに時間を費やした。いまは修業の身だが、一国一城の主になるのだ。

良作は東京の街を歩きながら、あまりの人の多さに息を呑んだ。

新宿や渋谷といった繁華街で店を開きたいと思い、不動産屋を回ったが、とても手が出せる金額ではなかった。川崎・池袋……靴底をすり減らしながら、中央線の吉祥寺で行き当たりばったりの不動産屋に入ると、ちょうど店頭に出たばかりの空き物件を紹介された。広さは二十六坪。ほど良い大きさだ。すぐに手付け金を払い、「店が見つかった！」と息せき切って恭代に電話をかけた。

ところが、受話器越しに恭代のほうが思いがけない事実を告げてきた。妊娠である。普通であれば、「よかったな！」「やったね！」という祝福やねぎらいの言葉をかけただろうが、このときは店のことで頭がいっぱいで、すっかり気が動転した。思わず口にした「どうしよう……」という言葉に、妻が噛みついた。

「ちょっと、『どうしよう』って、どういう意味よ」

良作は慌てて言い直した。

「いや、変な意味で言ったんじゃないよ。これから店を始めようっていうときに大変だなあと思って……お前の体のことを心配して言ったんだ」

「誰が何と言おうと私は産みますから。それに、店の手伝いもちゃんとします」

それだけ言うと、恭代はあっけなく電話を切った。

「たくましい女だな」

良作は思わず苦笑いして、つぶやいた。

「さすがは俺の女房だ」


ＪＲ吉祥寺駅の公園口から井の頭通り方面に百五十メートルほど歩いた場所の物件は、もともと寿司屋だったことで、居抜きで店を作ることができた。内装工事にかける資金もない良作には打ってつけだった。

冷蔵庫をはじめ、必要な厨房器具は全部そのまま使えたし、替える必要があったのは店の看板くらいだった。保証金と開業のための諸経費以外はほとんどコストをかけずに城の主となることができたのだ。

あとは、料理である。

五感に叩き込んで覚えた〈風来坊〉のタレを再現するためにさまざまな調味料を掛け合わせ、試行錯誤を繰り返していくうち、やがて「これだ」と思うものにたどり着くことができた。四半世紀あまりの人生のうちで、いままでご馳走と呼べるようなご馳走を食べた記憶はほとんどなかったが、自分の名前である「良作」、つまり、「良いものを作る」という信念で取り組んだ結果だった。

そのタレは、開店準備中の店舗の中ではなく、自宅マンションの狭いキッチンで作った。

辺りに醬油やニンニクの匂いが立ち込め、近隣の住人から「臭い！」というクレームがついた。しかし、良作はへこたれることなく、ただひたすら頭を下げて、謝り続けることで難を逃れていった。

そうまでして自宅でタレを作ることにこだわったのは、レシピを人に盗まれることを恐れたからだ。だから、胸を張って「企業秘密」と言い切れるくらい、その味には自信があった。

「名古屋の手羽先唐揚を東京中に広めてやる！」

良作の決意は次第に確信の色を濃くしていった。

まもなくして、名古屋から知り合いの料理人ひとりと高校時代の同級生、それに身重の恭代を呼び寄せて最初の店をオープンした。出来事と時間の経過を追えば順風満帆に聞こえるが、寒川良作は、たった一軒の店を創るために体が壊れるくらいに動き回った。

開店までは腕時計の針がとてつもないスピードで文字盤の上を駆けていった。

疲労困憊なのに、不安で寝つけない夜もあったが、かけがえのない仲間と妻の存在が良作の心を前向きにした。

記念すべき店の名前は、考えに考え抜いた挙句、「良作」から一文字を取って「鳥良」とした。

〈手羽先唐揚の店　鳥良〉

　まずは、とにもかくにも集客に努めなければならない。自慢の手羽先唐揚をひとりでも多くの人に食べてもらいたい。食べてもらえば、旨さがわかってもらえる。良作は腕を組み、作戦を考えた。

　そうして、オープン初日から一週間、「オープンフェア」と称して、生ビールを一杯十円で提供することにした。

　十円……その有り得ないサービスに、当然、店の前には百メートル以上の大行列ができた。店長である良作はその事実に目を見開き、胸の鼓動を高め、はやる気持ちを抑えながら、料理の腕を振るった。

　連日、〈手羽先唐揚の店　鳥良〉は活況に沸き、良作の新たな人生がスタートを切った。しかし、オープンフェアが終わった途端に客足がピタリと止まり、厳しい現実を前に、名古屋から呼んだ料理人はいつの間にか店を去っていった。

　一度でも手羽先唐揚を食べてくれたら、毎日のようにその客はカウンター席に座ってくれるだろう。そうして、そのリピーターたちが口コミで店の存在を伝えていき、倍々ゲームのように売上げは上がっていくだろう――浅はかな考えだった。飲食店の経営はそんなに甘いものではない。無人の客席を呆然と見つめ、良作は奥歯を噛みしめた。ふっと気を許せば、頬を涙が伝い落ちそうになった。

根っからの商売人だった母の後ろ姿を思い出し、自分を奮い立たせながら、何とかして店の運営を続け、採算ラインギリギリという状態が半年ほど続いた。いつ潰れてもおかしくない数字が帳簿に綴られていった。

店の営業は夕方五時から翌朝五時までの十二時間。

午前十一時に仕込みに入り、午後五時に開店――明け方に閉店した後、片づけを終えて店を出るのが六時半。しかし、仕事はまだ終わらない。そこから築地市場に食材の買い出しに行かなければならないのだ。結果、家には仮眠を取るという程度にしか帰れず、一日の平均睡眠時間が三時間に満たない状況がずっと続いた。

店の数字とともに、良作自身の体が悲鳴を上げていた。

また、その頃はまだマネジメントという言葉も意識せず、店の主とは言え、三十前の若造が従業員を的確に操れるはずもない。穴の開いたバケツのように、採用した人材は次々に辞めていった。精神的にも肉体的にもはや極限状態と言っていいくらい追い込まれたが、朝もまだ暗いうちからホテルの駐車場を黙々と掃除していた父や、三百六十五日、客の対応に笑顔を見せていた母の姿を思い出すと、いまこの苦労などたいしたことはないと思った。いや、思うようにした。

石にかじりついてもこの仕事で成功してやる。そんな負けん気が、辛さを上回っていった。

今日来てくださったお客様には、必ずもう一度来店していただく。

それを、毎日、自分にしつこいくらい言い聞かせて、良作は店の看板を掲げ続けた。

客商売というものは、ＩＴやゲーム業界などと違い、ひとつのひらめきやアイデアで一夜にして億万長者になれるわけではない。焼き鳥一本・料理一品・飲み物一杯、そして小さな小さなサービス……それを延々と地道に積み重ねていき、結果を出す商売なのだ。

会計を終えたお客さんには、良作自身が必ず店の外にまで出て、「ありがとうございました」と深々と頭を下げた。

その声に振り返って応えてくれる客と、何も言わずにそのまま去っていく客がいる。同じ「ご馳走さま」の一言でも、その声のトーンによって、再来店してくれる客か、そうでない客かが直感的にわかるようになっていった。

それは店の中での会話や雰囲気でもわかった。相手の顔を見て、真心で接すれば、客の本心が読み取れるのだ。お客様が払ってくださるお金のおかげで、自分たちが幸せでいられる。その感謝の気持ちを常に忘れないでいれば、嘘偽りのない気持ちは自ずと相手に伝わっていく。

客を単なる客としてではなく、個性を持ったひとりの人間として接すること――

幼いときから母の仕事ぶりを見て育った良作は、自然と母の真似をしていた。名前を知っている客であれば、必ず挨拶の中にその人の名前を入れた。急な雨で服を濡らした客には「雨が降ってきましたね」と乾いたタオルを差し出し、ときには肩や背中を拭くのを手伝う。

そんな何気ない日頃の努力が実り、ふと気がつけば、開店前から店の前に客が並ぶような繁盛店になっていた。

大丈夫だ。このままなら何とかやっていける。良作は、生まれたばかりの長男の寝顔を見つめて、そう思った。

そうして、商売が軌道に乗り始めた一九八五年の中頃、名古屋で母のホテル経営を手伝っていた兄の隆から、突然に電話がかかってきた。

お前の店を手伝いたい。兄弟で一緒にやらないか？――そんな提案だった。

掛け値なしに「助かった」と思った。子育てで恭代が店に出ることができなかったため、心から頼れる人間が身近になく、途方に暮れていたところだったのだ。

「うん。ふたりで力を合わせてやっていこう！」

最初、隆は現場に入らず、マーケティングを担当するかたちで都内の各所を聞き込みの刑事みたいに動き回り、めぼしい物件を見繕っていた。その過程で、二店目のモデルとなる店を見つけた。

「おい、下北沢で、すごい店を見つけたぞ」

電話の向こうで隆が声を弾ませて、良作に言った。

「とにかく、いまからすぐに来ないか?」

とるものもとりあえず、良作は下北沢のその店に向かった。駅から歩いて五分ほどの商店街の中だった。

店内に入った途端、あらゆるところに目が奪われた。驚きの連続だ。世の中には、こんなに面白いコンセプトの店があったのか……。

いわゆる大皿惣菜の居酒屋だったが、店内にはジャズが流れ、ヨーロッパ風のコックコートを着たスタッフが馴れ馴れしさを感じさせない程度に親しみを込めて接客する。客とのそのコミュニケーションが絶妙だった。

まず、和と洋のいいとこ取りをしたコンセプトが新鮮だった。刺身を注文すると、マグロの赤身が緑のサラダの上に載って出てきた。刺身というものは大根を細切りにしたケンの上にあるものと思い込んでいた。カルチャーショックだった。

「どうだ？」と隆が聞いてきた。

「すごいよ、次はこれで行こう」

良作は即答した。

こうして、二号店のコンセプトが決まった。

では、どこに出店するか？　話し合おうにも、ふたりはまだ東京のことをよく知らなかった。結局、周囲の仲間にリサーチをかけ、街の雰囲気や往来者の趣味嗜好が吉祥寺や下北沢に似ているということから、自由が丘を選んだ。渋谷から私鉄の東急東横線で十二分の街だった。

店名は〈うまいもの屋　ＴＯＲＩＹＯＳＨＩ〉とした。小粋なジャズを聴きながら、無国籍大皿料理と手羽先唐揚が堪能できる、感度の高い若者向けの店を目指した。

寒川兄弟にとって、満を持しての二号店のオープンだったが、しかし、三日間のオープンフェアが終わると、客足がパタリと途絶えた。一号店のオープンと同じ状況だった。それでも、商売人としてたくましくなっていた良作はめげなかった。

客の呼び込みや「雨天時は車で送迎」といった営業活動を続けていくうちに、徐々に客が増え始め、半年後には行列ができる店になっていた。

三号店は、創業の地である吉祥寺に場所を戻した。コンセプトは自由が丘店に近い無国籍料理の店として、店名は〈遊食屋〉とした。近場にある〈鳥良〉との差別化を図り、名物の手羽先唐揚はメニューからあえて外した。

やがて、この店もヒットして、ふたりはすっかり有頂天になった。何をやっても当たる気がしたのである。

よし、次は洋食で行こう。そんな話になり、ロケーションを横浜に定めた。街自体に、洋のハイカラな雰囲気と伝統的な和が融合している。そんなイメージからだ。

最寄りはＪＲの関内駅。地元の名士が所有するビルの地下一階で、まだ四店舗目と実績が少なかったため、結構な額の保証金を納めて、何とか開業にこぎつけた。

業態は自分たちのイメージで作り上げた「フランスの小皿料理」である。

今度もうまく行くだろう……ところが、その目論見はあっけなく外れた。地下一階というロケーションのデメリットと、「和と洋の融合」というコンセプトが客層に受け入れられなかったのだ。

一号店のオープンから四年……東京ドームが完成した一九八八年のことだった。「和洋融合」は、現在《いま》でこそ、ごく一般的な業態コンセプトだが、当時はまだ早すぎたのだろう。流行の先を行こうとして失敗したのである。「大」がつくほどの赤字が毎月続いた。

その状況を知った、隆と良作の父・雄之助から連絡が入った。雄之助は、名古屋にいながら、ふたりの会社の財務を担当していた。

資金繰りが行き詰まる寸前のところまで来ている。何か策を打たないと倒産する可能性もある。

寒川親子はその現実に行き着いた。

結果、隆と良作は、店の業態を変更することにして、内装そのままに、店名を〈うまいもの屋　ボンヌシェール〉と変えて、新しいメニューで勝負した。少し気取った大人のレストランから、明るく元気なイメージの洋風居酒屋に方向転換したのである。

そこに風が吹いた。

当時、大部数を誇っていた雑誌の『Ｈａｎａｋｏ』で、「一風変わったカジュアル・レストラン」として、その〈うまいもの屋　ボンヌシェール〉が取り上げられたのだ。メディアの力を借りて、一躍、連日満席状態が続く人気店になった。

うれしい悲鳴だったが、一方で、吉祥寺と自由が丘と横浜と、地理的に各店舗がかなり離れているため、経営のコントロールが大変だった。寒川兄弟は、まだ、商売と経営が別物であるという事実をわかっていなかった。自分たちがやりたい店を感覚的に世の中に送り出し、売上げを追い求めていたのである。

しかし、そのことも、後から考えれば、良作にはいい経験だった。

どんな店を作れば当たるのか、それを考え出す力や感性が養われていった。店の内外装・新しいメニュー・細かいサービスを的確にアウトプットできる自信がついていったのだ。

流行の一歩先を行けばいい――ふたりはそう思っていた。反面、流行を意識すれば一時的に店は繁盛するが、徐々に飽きられ、衰退していく。〈ボンヌシェール〉がまさにその道をたどった。

繁盛と衰退、業態の転換……。こうしたサイクルを繰り返していくうちに、経営が疲弊し、隆と良作は、ときとして、「経験」という名の高い授業料を払うことになった。

おそらく、流行は一歩先ではなく、半歩先を行けばいいのだ。半歩先を追いつつ、自分たちの原点である鶏料理にこだわり続けていけば、いずれそこから新しいものが生み出せるだろう。そんな結論に至るまでに結構な時間がかかった。

そうして、「日本一の鶏料理店を目指そう」を合言葉に、五店舗目からは、しばらくの間、すべて〈鳥良〉で出店することを決めた。

サムカワフードプランニングの経営理念「時流を先見した〈こだわり〉の限りなき追求」という言葉は、そんな成功と失敗を背景に生まれたのである。

結婚して上京し、自分の店舗を開いた――五年も経たないうちに、寒川良作は家族を持

つと同時に、一介の手羽先唐揚の店主から複数店舗を持つ外食店のオーナーに変わってい
た。

　そんな良作であったが、もともと、会社を興して社長になりたいという気持ちはなかっ
た。個人事業をやりたい、商売をやりたい、一国一城の主になりたいという一心だけで〈鳥良〉を始めたのだ。

　だから、店舗をたとえ増やしたとしても、それはあくまでも「数」の話であり、企業を作り得たという実感はなかった。

「やるからには企業を目指そう」

　そう言い出したのは、兄の隆だった。

　兄のその意に従い、良作は知らず知らずのうちに、「家業」を営む者から「企業」を営む者へと変じていった。寒川兄弟のふたりが企業経営を本格的に意識し始めたのは三店舗目を出した頃からだ。

　各店舗の店長を集めた少人数の「店長会議」を行い、初めての会議では出席者全員がスーツにネクタイ着用で臨んだ。

　名古屋時代にホテルで働いていた兄の隆はスーツを着慣れていたが、良作は市場時代も修業時代もラフな服装だった。だから、スーツの袖に腕を通してネクタイを締めたときは、

嬉しいような気恥ずかしいような、体の内側がこそばゆくなるような思いがした。

開催場所は良作の住居兼事務所の一室。真新しいスーツに身を包んだ三人の店長たちを前に、隆が堂々と切り出した。

「それでは、ストアマネージャー会議を始めます」

店長たちは、一瞬「えっ」と目を丸くし、お互いに顔を見合わせた後で「ストアマネージャーって何……?」という疑問を顔に出した。店長会議と言っても、もともとは料理人たちの集まりである。「マネジメント」などという単語は、彼らの頭の中には微塵もなかった。

しかし、隆は良作とともに、真面目な顔で、「我が社」という言葉を何度も使いながら会議を進めていった。子供で言えば、まだよちよち歩きの小さな会社だったが、隆の中にはすでに誰もがその存在を認める一流企業のビジョンが描かれていた。「スーツ着用の義務」や「ストアマネージャー会議」「我が社」といった言葉遣いの理由である。

そんな隆が、求人に応募してきた就職希望者の面接を終えたとき、吉祥寺にいる良作に興奮口調で電話をかけてきたことがあった。ちょうど、横浜での四店舗目を計画していた頃だった。

「おい、ひとり、すごいのが応募してきたぞ。大学出の板前で、ピシッとスーツを着てるんだよ」

「へえ、珍しいねえ……仕事はできそうなの」

「俺は一発で気に入った。お前も会ってみてくれ。会えばわかるよ」

隆の推薦に期待しながら、後日、良作は吉祥寺のこぢんまりした喫茶店で、その男と会った。

大学時代は体育学部でバレーとバスケットボールをやっていたというだけに、背が高く、引き締まった逆三角形の体にスーツが似合っていた。なるほど、兄が言ったとおりの好男子だと良作は思った。

「我が社を志望した理由は何ですか？」

「御社の募集広告に『経営のノウハウ教えます』と書いてあったのを見て、それに惹かれました」

「では、将来は独立したいと……」

「はい。履歴書にも書きましたが、私は大学卒業後、調理師学校に入って料理の基礎や調理場の仕組みを一年間勉強しました。いま働いている日本料理店で、ある程度、現場の経験も積んできましたので、次はこれから伸びていきそうな会社を、と探しているうちに御社の求人広告が目に留まりまして……」

どんな質問にも目を輝かせながら、ハキハキと答えるその青年に、良作はかつての自分を見ているようで、強い親近感を抱いた。良い仲間になりそうだと思った。

「ぜひ我が社に来てください」

面接が始まってまもないうちに、良作はそう言っていた。

「えっ、本当ですか？」

きょとんとした後で、青年は「ありがとうございます。よろしくお願いします」と、テーブルに額がつきそうな勢いで長くお辞儀をした。

履歴書に記された名前は、佐藤誠。

「こちらこそよろしく」と、良作は笑顔で応え、体を前に乗り出して続けた。

「ひとつ聞いていいかな？」

「ええ、どうぞ」

「今日はどうしてスーツなの？」

「えっ」

「ほら……飲食関係の人って、たいてい私服でしょ。珍しいなと思って」

「やっぱり、学生のときから、就職試験はスーツで、というイメージがありましたので」

佐藤は口ごもることなく理由を告げた。

「なるほどね。兄から大体は聞いているんだけど、佐藤君は大学で体育学を勉強してたんでしょ。どうして飲食を選んだの？」

「大学時代、焼き肉の〈叙々苑〉でアルバイトをしていたんですよ」

体育学部で体を動かすので、とにかく腹が減る。だから、アルバイトを選ぶときも「とにかくご飯がたくさん食べられること」を第一条件にしていた。ある日、友人から、「まかないが焼き肉らしい」という話を聞いて、その働き口に飛びついたわけである。しかも、朝の五時まで働けるので深夜手当もつくし、普通のアルバイトよりもずっと稼げる。ハードワークでも、体力だけには自信があった。

結果、佐藤は、学校が終わってから明け方まで新宿の〈叙々苑〉で約二年間働いた。その間、仕事を通じて、さまざまなお客と接し、会話を交わすことで、普通の大学生では知り得ない世界を垣間見ることができたと言う。そうして、飲食業を一生の仕事にするのも悪くないと考え始めた。

専攻は体育学だったので体育の教師という選択肢ももちろんあった。体育の教師もやりがいのある職業と思ったが、いつかは組織のトップに立つことが目標だった佐藤は、「体育教師が校長になる可能性は極端に低い」という事実を知り、外食産業へ進む決意をしたのだった。

実を言うと、佐藤には選択肢がもうひとつあった。父親が経営していた会社を継ぐというものである。しかし、将来が約束されてはいても、同族会社のレールに乗っていくというのは決して面白くないだろうなと思ったのである。

こうして、寒川兄弟に、またひとりパートナーが増えた。

スーツと言えば、やがてサムカワフードプランニングの人事を取り持つことになる熊谷純一の話がある。佐藤の入社から四年後の一九九二年のことだ。

福岡県の甘木市で生まれた熊谷は、地元のファミリー・レストランに就職した後、二十歳《はたち》で上京した。個人経営店である天ぷら屋での仕事を経て、六本木のフランス料理店に職場を移し、それからしばらくした後で、寒川兄弟による人材募集広告と出合った。

その、「今後の事業展開でさらなる拡張を目指す」「短期で上位職への登用あり」「海外研修あり」といった文言に吸い込まれるように、迷うことなく同社の門を叩いた。

入社と同時に自由が丘の〈うまいもの屋　ＴＯＲＩＹＯＳＨＩ〉の調理場に配属され、料理人として働くうちに、その仕事ぶりが隆と良作に認められ、わずか半年あまりで吉祥寺にある〈遊食屋〉の店長となった。

たしかに、「短期で上位職への登用あり」とは書かれていたが、まさかこんな早くにチャンスが巡って来るとは思っていなかった。熊谷のやる気はますます高まったが、そのモチベーションをさらに引き上げたのが、一着のブレザーだった。

正式に店長昇格を告げられたとき、熊谷は隆から、当社指定の仕立屋でブレザーを作るように命じられた。

サムカワフードプランニングでは、主任以上にはオーダーメイドのブレザーを支給し、その襟に、社章である「ＳＦＰ」の文字が浮き彫られた金色のバッジをつけることになっている――隆がそんな説明をした。

まだ数店舗規模なのに本格的だなと、熊谷はひとしきり感心した。

早速、指定されたテーラーに行き、採寸したうえで、紺のブレザーを二揃いあつらえてもらった。

出来上がったばかりのそれを着て、店舗の姿見の前に立った熊谷は、鏡に映った自分の姿に身を引き締めた。スーツやブレザーの類に袖を通すのは、生まれて二度目……成人式以来のことだった。そう考えると感激もひとしおで、月に一度のストアマネージャー会議に出席する自分を想像しながら、自分にチャンスを与えてくれた寒川兄弟の期待に応えようと心に誓った。

第三章

始動のとき

二〇一〇年八月（日本M&Aセンター）

「最後に、もうひとつだけ質問させていただけますか？」

メタルフレームの眼鏡の奥に柔和な笑みをたたえて、木村が言った。

「ええ、もちろんです」と良作が答えた。

「御社のいちばんの強みは何だと思いますか？」

「スタッフです」

良作は一瞬のためらいも見せることなく言葉を返した。

「その、スタッフが強みであるというのは、どういう根拠でおっしゃっているんですか……。お気を悪くされたとしたら許してください。ただ、経営者の方は、とりあえず『うちは社員が優秀なんです』とおっしゃる方が多いので」

「木村さんがおっしゃることはよくわかります。スキルが高いと私が思う人の多いのはもちろんですが、何よりも、うちのスタッフが強みだと申し上げたポイントは、一言で言うと、社内の結束力の高さにあります」

「ほう」と、木村が興味深げに良作を凝視する。

「うちの社員はみんな社歴が長いのです。勤続二十年、二十五年といった社員がざらにいます。これは従業員たちの会社へのロイヤルティが高いと言えるでしょう。それが、スタッフが強みであると申し上げた理由です」

外食産業は他の産業と比べても離職率が非常に高い。転職しやすいということもあり、入社して三年以内に半数近くが会社を辞めて、他社か、あるいは他の業種に鞍替えしていくのである。ところが、サムカワフードプランニングの場合は他の外食産業に比べて離職率が極端に低かった。それは「会社の居心地がいい」ということにほかならないが、単に「待遇がいい」というだけではなかった。社員同士の結束があり、ある種のファミリーが形成されているのである。

「なるほど、説得力のある根拠ですね」

感心する木村に良作が言葉を足していく。

「我が社では、毎月、私が主催者となって、その月に生まれた店長や主任を集めて『誕生日会』を開いています。会社がある程度大きくなってからは、普段あまり話す機会がない彼らと腹を割って話せるいいチャンスだと思いまして……店長というのは、入社してから数年のうちに昇格していくのが一般的ですが、我が社には、例えば十年かけてようやく店長に昇進できたという者もいます。人間の成長の速度には個人差がありますからそれはそれで仕方ないのですが、普通、四年、五年と勤めて上に上がれなかったら嫌気がさして辞めていくと思うんですが、ウチはそうではない。そこで、私はあるとき聞いたんです。君はどうして一般社員から店長になるまで十年も頑張ることができたのか？　よそに行こうと思えば行けただろうと……」

そこで息を入れると、良作はあらためて木村のほうに向き直って続けた。

「そうしたら、こんな答えが返ってきました。『やっぱり、人なんですよ』と。この会社で頑張れるのは、いい仲間がいるからだと……。誰に聞いても八割から九割の社員がそう言います。仲間意識があって結束力が高い。いい仲間がいるから頑張れる。それが我が社のDNAと言いますか、『サムカワイズム』といったものが社員の間に浸透している。飲食業というのは、突き詰めれば、人間と人間のコミュニケーションの積み重ねなんです。いったんお店に入ると、それこそ帰るときまで、ずっと同じメンバーが顔を突き合わせて仕事して一緒の食事を取る……同じ釜の飯を食う仲になるわけです。だから、互いに情も湧きますし、絆も強くなっていく。それがお客様にも伝わり、お客様から従業員にも伝わります。そうすれば、店の雰囲気も良くなり、お客様にとっても従業員にとっても居心地の良い空間になっていく。その好循環を作っていくことが経営者の役目だと思っています」

社員たちの会社に対するロイヤルティの高さには、もうひとつ理由がある。

それは、創業者が会社を私物化していないということである。

寒川兄弟は、「兄弟の約束」を交わして以降、自分たちの子どもに会社を継がせないことを常に公言してきた。それはつまり、社員の誰もが企業のトップになれる可能性があるということである。

どんなに頑張っても、結局はオーナー一族に要職はすべて押さえられてしまうんだと思いながら働くのと、自分の努力と頑張り次第で経営に参加できるかもしれないと思いながら働くのとでは、どちらが社員のモチベーションが高くなるかと言えば、後者であることは間違いない。

オーナーという名の王様に仕えている気持ちが強いと、その下にいる者は自分から積極的に動くより、あまり目立たず、失敗せず、及第点を取っていればいいという消極的な姿勢になりがちである。一方、社員全員にチャンスが平等に与えられている会社であれば、

「自分たちの会社」という意識も高まり、社内の風通しも良くなって自由闊達な雰囲気が醸し出されるようになる。

独創的なモノづくりで知られるホンダの自由な社風は、創業者の本田宗一郎自らが、「ホンダを本田家のものにはしない」と公言してきた精神から生まれたと言われるが、サムカワフードプランニングも同じである。

話を聞き終えた木村が、感に堪えないという表情を浮かべた。

「寒川社長のお話には、感服しました。僭越ながら、素晴らしい経営をされてきたのではないかと、社交辞令ではなく、心からそう思いました。今日は直接こうしてお会いできて、本当に良かったと思います。ありがとうございました」

木村に合わせるように、横に並んだスタッフふたりも折り目正しく頭を下げた。

「いやいや」

良作が頭に手をやり、照れたように笑った。

「私の拙い話で伝わったかどうか……お恥ずかしい限りです」

「そんなことないですよ。お話を伺っていて、私たちのほうが、勉強になるところがたくさんありました」

「経営のプロの方にそう言っていただけると、嬉しいです。今日は本当にありがとうございました」

「こちらこそ、ありがとうございました」

もう一度、しっかりと礼を述べた後、木村がいっそう畏まった口調で続けた。

「寒川社長、そして寒川会長、今回いただいたご縁を、私どもとしても何とか実らせることができるよう真剣に取り組んでまいりたいと考えております。これから、あと二回ほど、お目にかかってお話を伺わせていただくことになるかと思いますが、どうかよろしくお願いします」

「こちらこそ、よろしくお願いします」

隆と良作のふたりは、まるで申し合わせたように、同時に「ありがとうございます」と声を揃え、深くお辞儀した。

ポラリスの一行が日本M&Aセンターを退去した後、兄弟はその場に残り、幸亀としばらく話をした。

「今日はどんな感想を持たれましたか？」

幸亀の質問に、良作は「うん」と満足気にうなずいた。

「感触としては、これまででいちばん良かったような気がします」

「そうだね」と隆も同意する。

「もっと、数字とかデータといった部分を突いてくるのかと思っていたんですが、木村さんはそういったことよりも、理屈や数字で割り切れない、何て言うのかな、もっと人間的な要素を見ているんだなという気がしましたね」

「そうですね。まあ、今日は最初の顔合わせだからという意味合いもあったのかもしれませんが……。それにしても、ファンドのトップ自らがああやってマネジメントインタビューに出てくるのは、珍しいケースですね」

腕組みをした幸亀が、兄弟ふたりに自分の感想を率直に伝えた。

「第一印象は、すごいキレ者というか、クールな印象だったんですが、話してみると人間味があって温かみのある人でしたね。スタッフの人たちも、みんなソフトで人当たりのいい人たちだったし、まとまりもあって、すごくいいチームに見えました」

会社売却でキャッシュが入れば、それでいいというものではない。「ハンズオン」というかたちでやっていく以上、残った社員のことを考えれば、隆と良作にとって、ファンドのトップを含めたその周囲の人物の人となりまで見ておくことは非常に大切なことだった。

八月の半ば過ぎ、四社によるマネジメントインタビューが終了した。

暑い夏だった。

六月から八月の日本の平均気温は、統計開始以来、一位を記録し、夏の甲子園では、沖縄代表の興南高校が、県勢で初めて真紅の優勝旗を手にしていた。

そんな夏の終わりに、寒川兄弟には、「これくらいの値段で譲渡してほしい」という意向表明書がファンド各社から提出されることになった。平たく言えば、書面によるプロポーズである。

最終的に、それはポラリスを含む計三社から提出された。

書面にはある程度のフォーマットがあり、数字を入れていけば体裁は整う。だから、肝心なのは、数字以外のアピールで、それは短く済ませることもできるし、書きたいことがあればいくら長くなってもかまわない。

なぜ、その会社が欲しいのか。資金をどう調達し、株を取得した後は、どう経営していくのか——プロポーズの例えで言えば、意向表明書というラブレターによって結婚後の生活に夢を抱かせるわけだが、それはラブレターと違い、難解で、理解するには時間がかかる。

各社の意向表明書を読んで、内容がわからないところは寒川兄弟が日本M＆Aセンターに質問し、それに幸亀が答えていくかたちで進んでいった。

「会社経営に長年携わってきて、いまさらこんな質問をしたら恥ずかしい」という思いが先立つのか、多少あいまいな部分があっても「わかった」と繕う経営者も少なくない。しかし、良作は愚直なまでに「理解する」ことにこだわった。

寒川良作を知る者は、皆一様に、その飾らない人柄と率直さに驚かされると言う。幸亀も同感だった。

わからないことがあれば、「わからない」と言って教えを乞う。相手が年下であろうと、誰であろうと、良作のその姿勢は変わらない。

わざとわからないふりして、相手の知識や経験値を探ろうとする経営者もいるだろう。しかし、良作にはそういった策略がなかった。単純に、わからないから聞く。わからないことをそのままにしておくと、後々怖いから聞いているわけだが、百億規模の会社を率いるトップに、これはなかなかできることではない。

意向表明書でいちばん気になるのは、もちろん、買収価格だが、これを「九十億」という一本の値で出してくるファンドもあれば、「八十五〜九十五億」といったように、ある程度の幅を持たせて提示してくるファンドもある。

値幅があるということは、最初の印象が途中で変わっていく可能性があるということを前提にしている。一回目のマネジメントインタビューで得た印象をもとに算出した価格と、ある程度インタビューが進み、相手のことがわかってから提示する額も異なることが当たり前だ。相手の会社にまだ行ったこともなければ、幹部をはじめ、従業員に会ったこともないファンドからすれば、本格的に調査が進んでいくうちに相手のボロが見えてきて、評価額が下がっていく可能性もある。

最終的に、良作たちが売却先として選んだポラリスは、「八十五〜九十五億」というレンジで数字を出してきた。

この金額を見れば、会社の中に隠し事も後ろめたさもなく、寒川のように自社に自信を持つ経営者であれば、マイナスされるポイントはないと考える……となれば、当然、レンジの上のほう、悪くても九十億くらいの額が提示されるものと予測するだろう。一方、ファンド側は、できるだけ安く買いたい。

「見せ金」と言うと少々乱暴だが、ファンド側はレンジで少し高めの金額を提示して、とにかく優先交渉権を取りたい。そして、いったん交渉権を得たら、今度はできるだけ下限に近い値段で買いたい。そんな戦略的な本音が数字の中に見え隠れする。

レンジを持たせるもうひとつの理由は、将来の不確定性にある。投資後、どれだけ売上げと収益が伸びるかは、マネジメントインタビューのときよりもさらに詳細に調べてみないとわからない。そのための「値幅」なのである。

ファンドは、自己資金以外にも銀行からローンで資金を調達して、買収した会社から上がってくるキャッシュフローでそのローンを返済していく。売り手側からすれば、その資金調達の目処が立っているのかどうかも気になるところだが、他のファンドが「資金調達はこれから何とかします」と言う段階で、ポラリスはすでに融資が確実であることを証明する銀行からのレターを意向表明書につけていた。それも、大きなアドバンテージになっていた。

そして、最終的に、隆と良作が譲渡先としてポラリスを選んだ理由は、社長・木村雄治の存在にもあった。

マネジメントインタビューにおいて、社長自らが質問をぶつけてくるというプレッシャーは、良作にとっては相当なものだったが、それなりの手応えがあった。表敬的に顔を出すというのではなく、他のスタッフとともにつぶさに案件に入り、細かい質問をする姿は、仲介者の幸亀さえも驚かせていた。

担当者がそれなりのポジションであることはわかっていても、こちらが命がけで会社を売却しようとしているのだから、担当者レベルだけでは……という気持ちが寒川兄弟にはあった。ハンズオンというかたちで進められる以上、契約が成立してようやくトップが出てきて、名刺交換を簡単に済ませるという事態は避けたいと考えていたのだ。

ふたりがポラリスに対して好感を抱いた理由はまだ他にもある。

それは、結論の出る早さだった。担当者のみだと、「その件は社に持ち帰ってあらためて検討します」ということになりがちだが、その場にトップが出席していれば、答えが出るのも早い。

経営者自らが最前線に立って指揮を執る。このスタイルが良作は自分に近いと感じた。そして、それがファンドの「真剣度」だと思った。

さらにまた、木村を補佐するスタッフのチームバランスが実によく取れていた。関端進・密田英夫・浅井俊晴、いずれも東大や一橋といった一流大学を卒業後、スタンフォードなど、アメリカの一流大学でＭＢＡを取得している正真正銘のエリート集団だったが、それを鼻にかける様子もなく、虚心坦懐に事に当たった。

相互間のやりとりも十分だった。

マネジメントインタビューの過程において、サムカワフードプランニング側の要望を幸亀がポラリスに伝えていき、それを受けてポラリスが回答していった。そうした段階を経て、意向表明書が作られ、それを比較検討した結果、寒川兄弟は全株式をポラリスへ売却することを決定したわけである。

しかし、「決定した」と言っても、それは言わば「仮契約」であり、正式契約を目指して、そこからさらに徹底した監査「デューデリジェンス」が行われる。

いままでは、評価に必要な書類を隆と良作のふたりだけで秘密裏に集めてきたが、これから先は幹部社員の協力を仰ぐ必要があった。

そして、翌月九月十六日に、譲渡へ向けてのキックオフミーティングと、それに続いてのデューデリジェンスが開始されることを決定した。

経営者ふたりが秘密裏に進めていた売却話は、ここで、サムカワフードプランニングのオフィシャルな案件になった。

まずは、事前に社の幹部たちに伝えなければならない。

問題はそれをいつ伝えるかということだった。

一般的に、あまり早すぎると、不安や動揺といったものが社内で増幅し、悪い方向に噂が拡散していく恐れがある。かと言って、キックオフミーティングの直前では、幹部社員たちが状況を把握し切れない。

良作のリーダーシップと相互の信頼感がものを言うときだった。良い関係が築けていないと、猛烈な反対意見が出たり、「経営者だけが株を売って逃げるのか?」といった憶測も生まれてしまう。

幸亀・木村・隆・良作のコンセンサスで、幹部社員への告知はキックオフミーティングの三日前くらいが適当であろうという判断が下され、良作自身が九月十三日を、その日とすることに決めた。

二〇一〇年九月十三日（サムカワフードプランニング本社）

二〇一〇年九月十三日。東京・二子玉川のサムカワフードプランニングの本社八階会議室に、開発本部長・佐藤誠、新規事業部長・神野忍、人事部長・熊谷純一、営業管理部長・野崎哲也、店舗開発部長・落合一喜、総務部長・坂本聡の六人の幹部社員が緊急招集された。皆一様に緊張した面持ちで、寒川良作が現れるのを待っていた。

これからいったいどんなことが話し合われるのかを知る者は、当時、寒川兄弟を除き唯一の取締役であった佐藤以外に誰もいない。重く、静まり返った会議室のドアが開き、兄の隆会長とともに良作が部屋に入ってきた。

「ご苦労さん」

幹部全員と目礼を交わしながら席に着いた良作は、ゆっくりと出席者たちの顔をひととおり眺めると、早速に話を切り出した。

「今日集まってもらったのはほかでもない。これからの会社の将来に関することだ。みんなが気づいていたかどうかはわからないが、去年の暮れ頃から兄貴の体調が思わしくなくて、病院通いを続けていたが、これからは療養に専念したいという申し出があった」

全員の視線が即座に会長に注がれた。じっと腕組みをしたまま、良作の言葉に耳を傾けていた隆が「間違いない」と言うように首を縦に振った。

「つまり、これからは俺ひとりでこの会社の舵取りをしていくことになる。以前からみんなにも話していたように、俺たちは自分の息子を会社に入れなかった。それはなぜかというと、創業の頃からずっと一緒にやってきた社員にチャンスを与えたかったからだ。だから、然るべきときが来たら、俺たちふたりは株を売却することで身を引き、次の世代へバトンタッチして、いずれは上場したうえで独立した経営ができるところまで持っていけるよう努力しよう……そういう約束をしていた。ところが、いま言ったように、兄貴はこの会社の経営から離れざるを得ない状況になった」

良作は、そこで発言をいったん切った。

「結論から言う。俺たちは、日本M＆Aセンターという会社の仲介によって、ポラリス・キャピタル・グループという投資ファンドに一〇〇パーセントの株式を譲渡することにした。いわゆる『M＆A』というやつだ」

良作が口にした「ファンド」や「M＆A」という言葉に、ほぼ全員が息を呑み、口を閉ざしたまま、互いの顔を見合わせた。

受け止め方はそれぞれだったが、最もショックを受けたのは人事部長の熊谷だ。あまりにも突然なことだったので、良作の口から「M&A」という言葉が発せられたときには血の気が引き、頭の中が白くなった。

この緊急招集の一週間ほど前に、良作から一対一で告知を受けていた佐藤以外の四人も熊谷同様に驚きはしたが、いずれはやってくるであろう「そのとき」が予想外に早かったという思いもあった。総務部長の坂本は「そういうことか……」と、得心しながら良作の言葉を受け止めた。

幹部社員の中で、坂本だけは他社を経験することなく、横浜国立大学を卒業後、新卒社員として入社していた。総務部長ゆえに、ときとして、コピー機の修理さえも請け負う坂本は、三十二歳という若さでありながら、部署の垣根を越えて社内のことに精通する、サムカワフードプランニングの頭脳的存在だった。そんな「何でも屋」を自認する坂本は、一、二ヵ月ほど前から、会社の関係書類やデータを集めておくように何度か良作から依頼を受けていた。普段なら、何か自分に用事を言いつけるとき、「これこれこういう理由で必要だから」と、目的を必ずはっきり告げてくるのに、なぜか、それがいつも明確ではなかった。そのことを、坂本は不思議に思っていたのだ。

良作が続ける。

「おそらくみんなは『ファンド』というと、ハゲタカファンドを連想するんじゃないかと思う。実際、俺たちも最初に聞いたとき、真っ先にそのハゲタカファンドという言葉が頭に浮かんだ。しかし、ポラリス・キャピタルは、間違ってもハゲタカファンドなんかじゃない。それだけは断言する。だから、安心してほしい。そして、もうひとつ。俺はいま、会社の株式を一〇〇パーセント譲渡すると言ったが、会社を売って、その金を持ってどこかに行ってしまおうなどという気持ちは微塵もない。また後で詳しく説明するが、俺はこの会社にいままでどおり社長として残り、俺は五年以内に会社の株式を公開するつもりでいる……いや、必ずそうしてみせると約束する。会社を上場するということ、つまり、ＩＰＯするということが何を意味するかわかるか？　それは、将来、君たち自身が株主となって、この会社を自分たちの手で経営していくことができるということだ。俺は社員のひとりひとりが幸せになることを心の底から願っている。俺だけハッピーになって、残った社員を不幸にするくらいなら、全額慈善団体に寄付でもしたほうがマシだと思っている。これは綺麗事でも何でもない。みんなが幸せになるためのＩＰＯが実現できるよう、スポンサーとなって俺たちをサポートしてくれるのが、ポラリスなんだと、俺はそう思っている」

よどみなくそこまで言うと、ポラリスを率いる社長の木村がいかにビジネスマンとして、ひとりの人間として傑出した人物であるかを、熱気を帯びた口調で語り始めた。

「ポラリスと組んだ理由は『人』なんだよ。カネだけで選ぶんだったら、他にもっと出すというところはあった。だからこそ、俺は何としても木村社長とともに手を携えてこのM&Aを成功させたい。そして、五年以内にIPOに持っていく。そのためには、君たちの全面的な協力が必要になる。これからいろいろ大変なこともあるとは思うが、みんなが一致団結して協力しないと絶対幸せになれない。そのことを共通の認識にして、くれぐれもよろしく頼む！」

そう話を締めくくってから、良作は三日後の十六日に行われるキックオフミーティングと、それに続いて行われるデューデリジェンスについて説明し、個々にある程度の準備をしておくよう告げてから「何か質問はないか？」と、幹部社員たちに訊ねた。

再び、部屋全体に重い空気が流れた。

誰も何も言わなかった。無理もない。社長の良作から明かされた事実を、まだ消化し切れないのだ。

そうした中で、店舗開発部長の落合は少し違う受け止め方をしていた。

七年前の二〇〇三年、他の外食産業から転職してきた落合は、「IPO」という単語を聞いた瞬間から、会社にとっても経営幹部にとっても、これはビッグチャンスになるのではないかという印象を抱いた。

株式を市場に公開するということは、それだけ企業の社会的な認知度と信用性が上がるということである。となれば、より良い物件や人材が集まってくる可能性が高くなるし、社員も自社に誇りが持てるようになれば、ロイヤルティも高くなる。

幹部社員の中で神野とともに最年長の落合は、かつて、新卒で入社したファイナンス会社の留学制度を利用してＭＢＡを取得し、経営のエッセンスを学んでいた。だからこそ、Ｍ＆ＡからＩＰＯを目指す光明を感じ取ったのである。


二〇一〇年九月（サムカワフードプランニング本社・八階大会議室）

デューデリジェンスでは、マネジメントインタビューよりも細部にわたる企業調査がなされていく。

日本Ｍ＆Ａセンターが仲人になり、ポラリスとサムカワフードプランニング間で、恋人以上に「濃厚で、親密な付き合い」が余儀なくされていき、プロポーズ後、昼夜を問わない徹底的な対話で、本当に結婚するかを確かめていくのだ。

それまでは「身辺調査」だったのが、これからは企業関係者間の公《おおやけ》のもと、「身辺」のみならず、「懐《ふところ》」にまで手を突っ込んでいくわけである。

ファンドが投資家たちのお金を預かっている以上、当然のことながら、その投資の実行には最大限の「慎重さ」が必要となる。監査（デューデリジェンス）は、チーム編成された外部の専門家が行い、マネジメントインタビューと違って、買い手自身はあまり直接にタッチしないことが原則である。

ポラリスが組織したチームは、監査法人のグループであるＫＰＭＧ、法務担当を務める北村・平賀法律事務所、ビジネスコンサルタントの野村総合研究所のスタッフに及ぶ総勢十八名だ。そして、日本Ｍ＆Ａセンターからは幸亀の他に、新たに五名が加わった。対するサムカワフードプランニングは、社長の寒川良作と先述した幹部六名の計七名。

二〇一〇年九月十六日。

予定どおり、サムカワフードプランニングの本社八階にある大会議室で、キックオフミーティングが催された。

七名の経営陣が、結婚式で言うメインテーブルに横一列で並び、彼らと向き合うかたちで、ポラリス側のデューデリジェンス・チームが対座した。いや、結婚式などというおめでたいものではなく、むしろ、当事者とマスコミ陣による記者会見に似たスタイルだった。

まず、日本Ｍ＆Ａセンターの幸亀が司会進行役となって、その日のミーティングの流れを伝えた。

次に、経営陣を代表して挨拶に立った良作が、会社の概要を説明し、質問対応の窓口を紹介する。

「営業に関する業績や企画に関しては野崎が、新規事業は佐藤、人事については熊谷、店舗開発は落合、商品開発は神野、そして、経営企画と財務・法務については坂本が担当いたします」

それぞれの幹部が良作の発言に併せて、神妙な顔つきで頭を下げていく。

この時点で、デューデリジェンスにおけるサムカワフードプランニング側の主な窓口が総務部長の坂本聡であることが全員に知れた。

続いて、メインテーブルの幹部たちとポラリス側のデューデリジェンス・チームの自己紹介があり、その後、プリンシパルの肩書を持つ、ポラリスの関端進によって今回のプロジェクト名が発表された。

《プロジェクトサンフランシスコ》

こうしたM&Aにおけるプロジェクトの名称は、すべて欧米の都市名をつけるというポラリス社の慣習によるものだった。要は、第三者に対する隠語的なものであり、それ自体に深い意味はない。

今日のキックオフミーティングまでの一連の動きを知った者は、単にポラリスがサムカワフードプランニングをダイレクトに買収したように思うだろうが、実際の資金の流れにおいては、サムカワフードプランニングを買収するのはポラリス自体ではなく、同社が出資する「サンフランシスコホールディングス」という特定目的会社となる。平たく言えば、ペーパーカンパニーである。

このサンフランシスコホールディングスには、ポラリスの自己資金以外からもさまざまなかたちでお金が入っている。つまり、みんなで出し合ったお金をひとつのカゴに入れ、そのカゴのお金で会社を買いましょうというわけだ。ゴールとしては、このサンフランシスコホールディングスが寒川家から全株式を譲り受け、サムカワフードプランニングの一〇〇パーセント株主となった後で、あらためてサムカワフードプランニングを吸収合併するというスキームだった。このフローを具現化するプロジェクトの名前が《プロジェクトサンフランシスコ》なのである。

もう少しわかりやすく例えよう。手持ちの二十万円を頭金にして銀行から八十万円を借りて百万円のトラックを買い（これを金融業界では「レバレッジ」を効かせると呼ぶ）、運送業を始める。営業で生まれた儲けで借入金を銀行へ返済していくのだ。そして、返済が終わったところで第三者にトラックを売る。異なるのは、トラックは長く使えば使うほど売却時の価格が安くなるが、今回のトラック、つまりサムカワフードプランニングという乗り物は、買ったときよりも価格が上がっている可能性が高いということである。いや、価格が上がると見越して、プロジェクトを進めていくのだ。

プロジェクト名が全員に認知されたところで、司会進行役の幸亀が、メールをやり取りする際のパスワードや一日の質問は何時までに、という事務的な申し合わせを伝えた。言わば、チーム内のルールである。

こうして、何の波乱もなく、二十分程度でキックオフミーティングの前説部分が終わり、休憩を入れずに、そのまま最初のデューデリジェンスが始まった。

ポラリスのメンバーはほとんど発言せず、彼らが任命した他社のスタッフとサムカワフードプランニング経営陣の対話が行き交うことになった。

監査側は事前に読み込んでいた資料からさまざまな質問をぶつけていくわけだが、こうしたかたちの初回のデューデリジェンスというものは顔見せ的な意味合いが強く、細かなデータや数字に関する質問が売却側に飛んでくることはあまりない。

そうした中、野村総研のメンバーが一歩踏み込んだ質問を最初に発した。

「店舗開発部長の落合さんは、現在と同じオーナー企業の外食産業からの転職ですが、以前の会社といまの会社はどこがどう違いますか？」

経営学を知る落合は、個性的な人間が揃う、サムカワフードプランニングの幹部の中でも、外見的にもひときわ異彩を放つ人物である。細身のダークスーツに身を包み、長い髪をオールバックにした姿は、会社員というよりもミュージシャンのようだった。特に今日はマイクが回されているので、記者の質問に応える芸能人さながらだ。

「みなさんご存知のとおり、飲食業は、かなり大手の企業でもオーナーが創業者というケースが珍しくない業界です。ちょっと前までは飛ぶ鳥を落とす勢いだった会社が、いまはもう見る影もないということが普通に起こり得るような栄枯盛衰の激しい産業です」

落合が落ち着いた口調で語り始めた。

その、外食産業の栄枯盛衰を分けるのが経営者の力量だ。

たいていは小さな店からスタートして、徐々に店舗が増えていく。まだ十店舗くらいの規模であれば、オーナーが自分で全てを見ることができる。ところが、組織が大きくなってくると、オーナー自身だけでは手が回らなくなってくる。そのときに、いかにその経営を任せられる人材を育て、然るべき組織を作っていくかが企業の明暗を分けるのだ。

言葉の背景には、そんな事実があった。

落合がかつて在籍していた会社は、どんなに規模が大きくなっても、オーナーが何から何まで全部自分自身で決めて前面に出ないと気が済まないワンマンタイプだった。だから、自分の意見を持つ優秀な社員は煙たがられ、やがて、会社を去り、オーナーの顔色を窺うイエスマンだけが残った。その結果、一時は上場する直前まで行き着いた会社が、いまでは凋落の一途をたどっている――落合は、ざっとそんな話をすると、横に座る良作を一度ちらりと見て、さらに続けた。

「我が社の社長の寒川は、そこが違いました。しっかりと部下の言葉に耳を傾け、任せるべきところは『思い切ってやれ』と大胆に任せます。そうすると、私たちもその信頼に応えようと頑張る。そういった風土が、以前に私が籍を置いた会社とまったく違うと感じております」

「落合さんがサムカワフードプランニングに入社された頃は、かつていらっしゃった会社よりも規模的にかなり小さかったと思いますが、それでも転職を決意された理由はなんですか？」

「まず、寒川隆と寒川良作という兄弟……このふたりの人間の人柄に惚れたということです。もうひとつはこの会社に成長性というか、発展性を感じたからです。伸びしろがある会社だなと……。何でもグーッと伸びていくときがいちばん面白いし、その中にいて楽しいじゃないですか。そういった雰囲気を感じたので、この会社を選びました」

まるで、転職活動する者と面接官のようだった。こうした状況や場の空気は、監査役の者たちは本業ゆえに慣れているのだが、サムカワフードプランニングの経営陣にとっては初めての経験である。

不慣れなことで答えが滞りがちになるのも普通だが、隆と良作の部下たちは、事前に想定問答集などをまとめていたのではないかと思わせるほど、堂々と質疑応答をこなしていった。

デューデリジェンスのキックオフミーティングには、売り手側は社長と専務しか出てこないというケースも少なくない。しかし、サムカワフードプランニングの場合は各部門のトップ全員が出席したので、そのことも物事を円滑に進めた。ポラリスを代表する者として、社長の木村の代わりに名を連ねた関端は、そこに、創業以来、十年・二十年と同じ「釜の飯を食ってきた」人間が醸し出す「一枚岩の一体感」を垣間見た気がした。

数人の幹部に、いくつか同じような質問が続いた後、開発本部長の佐藤が指名された。試作したメニューがどういう過程を経て商品化されているのかといった質問の後、同じく、野村総研のメンバーが訊ねた。

「サムカワフードプランニングは寒川隆会長と良作社長のおふたりでここまで引っ張ってこられた会社ですが、今回、会長が引退され、いずれは良作社長もお辞めになるわけですが……ふたりのカリスマがいなくなっても、御社はこれまでどおりやっていけると思いますか？」

矢のように鋭く、まっすぐな問いかけだった。

佐藤は少しの間だけ思考してから、口を開いた。

「寒川兄弟と私は二十年以上も苦楽をともにしてきた……と言うのもおこがましいかもしれませんが、私はふたりのそばでずっと一緒に過ごしてきましたので、自分が三番目の弟くらいに思っています。ですから、そのＤＮＡをしっかり受け継ぐことができると思います」

自分の言葉を反芻するように、ぎゅっと唇を閉じ、佐藤がマイクを置く。

「わかりました。ありがとうございます。それでは次に営業管理部長の野崎さんにお伺いします」

「はい……」

「これは、あくまでも仮の話ですが、もし、明日、寒川社長が道を歩いていて車にはねられ、突然お亡くなりになったとします。それでもこの会社は大丈夫でしょうか？」

野崎は、聞くほうが拍子抜けするほど、いささかのためらいもなく「はい。大丈夫です」と答えた。

野崎にとっては「デューデリジェンス」という言葉自体初めて聞くものだった。問われたことに対しては、誠実に、正確に、嘘偽りなく答えるようにと、寒川兄弟から言われていたが、それがなくても、そう答えていただろう。

飄々としたイメージの野崎はどんなときも感情を露わにせずに、その整った顔立ちといい、身に纏う雰囲気がベテラン俳優のようだった。熱血漢の良作とは好対照の人物だ。良作が大地にしっかりと根を張った大樹だとすると、野崎はさしずめ柳の樹である。強風や大雪でも逆らうことなく、柔軟に枝をしならせていく。四十四歳となったいまでこそ営業部門のトップであるが、「フランス小皿料理とワイン」というフレーズに惹かれて、横浜の〈ボンヌシェール〉に応募したのは、まだ年若い二十二歳のときだった。

関内で行われた面接で、当時社長の寒川隆からその場で採用決定を告げられた。その席で、「うちは唐揚もやっている」と聞かされ、スーパーで売っているものかと思いきや、いつの間にか「吉祥寺の手羽先唐揚の店で働いてくれないか？」という話になった。

ためらいながら、隆の愛車だった三菱ランサーエボリューションにそのまま乗せられ、まるで誘拐されるような状況で、面接場所の関内から東京の吉祥寺まで連れて行かれた。そのときの隆の運転は、まさに「爆走」という言葉がふさわしく、途中で何を話したかも覚えていないくらい、高速道路・第三京浜でのスピード走行が恐怖だった。

そんな野崎は、子供のときから料理に興味があったというわけではなく、なるようになると、行き当たりばったりで生きているうちに、気がついたら飲食業界に入っていた。逆に言えば、どんな世界に行っても、そこそこやっていける自信があった。例えば、ゴミ収集車の清掃員を見て、「自分だったらこうやって効率を上げる」などと、つい考えてしまう癖がある。目の前にあることを、自分なりに工夫しながら、スマートにスピーディに行うのが持ち前のスタンスだった。

次に質問が向けられたのは、新規事業部長の神野だ。

「先ほど、佐藤さんにも伺いましたが、寒川社長が、引退された後の御社はどうなっていくと思われますか?」

「会社全体がどうということまではわかりませんが、セクションごとに見ていけば、それぞれ受け継がれるべきものは受け継がれ、経年で変化することはあっても、ガラッと変わってしまうようなことはないと思います。創業当時を知る私や佐藤や野崎、熊谷といった面々は、社長たちが寝ずに苦労して作り上げた一号店があるからこそ、いまの自分たちがあるのだという、寒川兄弟の歴史を次の世代へ語り継いでくことが大事だと思っています」

いまから二十三年前の三十歳のとき、神野は〈ボンヌシェール〉のオープンに際しての「料理長募集」の求人広告を見て、サムカワフードプランニングに応募した。事務所だった吉祥寺の小さなマンションの一室で、寒川兄弟と出会った。

ふたりの持つバイタリティに圧倒され、話を始めて三十分もしないうちに、神野は自分がここでずっと働くことになるだろうと直感した。それくらいにインパクトのある出会いで、吉祥寺から自宅に向かうときには、二次面接を控えていた大手資本のレストランに断りの電話を入れていた。

幼い頃から料理が好きで、船乗りになることを夢見ていた神野は、その両方の夢が叶えられる「船上のコック」になることを思い立ち、国立の専門学校に入学して、本科司厨科において調理の勉強をして免許を取得した後、商船三井客船に入社した。そのまま、客船におけるフレンチ担当のコックとなり、世界中の海を航海したが、やがて、ときが過ぎ、自分と同世代の料理人が、次々と斬新なフランス料理をひっさげて世間の脚光を浴びる様子を見ているうちに、自分のやっていることは「学校給食の延長にすぎない」と思うようになり、懇意にしていたパーサーの勧めもあって船を降りることを決意した。

その後、船上と陸上の両方で修業を積みながら、自分が料理長として腕を振るえる場所を探した。そのときに出会ったのが、寒川兄弟だったのである。

しかし、入社してからの仕事は激務だった。船上勤務は何時から何時までと時間がきっちり決まっていたが、サムカワフードプランニングでは、半年間もの連続勤務や会社での泊まり込みもあった。それなのに、「苦しい、辞めたい」という気持ちにはならなかった。むしろ、仕事が楽しかった。濃密な時間をともに過ごした店舗の仲間とは特別な連帯感が生まれた。いまの時代に、過酷な労働を若者に強いることはコンプライアンス的に不可能だが、神野はそういった社員同士の強い絆や信頼関係をサムカワフードプランニングの伝統として受け継ぎたいと思っていた。

「例えば、神野さんの部署で言うと、どんなことを次の世代の社員に伝えていこうとしていますか？」

「社長の寒川良作は、一言で言うと『こだわり』の人です。味にも、店舗にも、サービスにも、それもとことん、徹底的にこだわる人です。私のことでお話しすると、例えば、豆腐を作るとなると、寒川は日本一の豆腐を目指そうと言います。それで美味しい豆腐屋を探して地方を回ったりして、いろいろ研究してくうちに製法の特許まで取ってしまったくらいです。トンカツを作るなら日本一のトンカツを作れ。パエリヤを作るなら、日本一ではなく、スペインでいちばんのパエリヤを作れと言います。そのための努力とお金は惜しみません。その寒川の徹底したこだわりを、私は、サムカワイズムのひとつとして次の世代に継承していきたいと思っているのです」

「『サムカワイズム』という言葉があるのですか？」

「正式かどうかはわかりませんが、自然発生的にみんながそう言っています。ご存知かもしれませんが、一号店で成功した理由のひとつは、寒川がこだわり抜いて創り上げた手羽先唐揚のタレにあります。昔は社長が手作りしていたこのタレも、いまは一括生産して各店舗に送っているのですが、何も知らない現場の若い人間からしてみれば、そのタレも他社の既製品のタレも見た目は変わりません。ですから、パックを無造作に破って無造作に使おうとする。愛情がないんですね。そういうときに、『実はこのタレひとつ取っても大変な苦労があって生まれたんだ。その味がぶれないように細心の注意を払って作っているんだから、厨房のみんなもしっかり管理して大事に使えよ』と私から伝えるんです。すると、誰もがハッとした表情になって『わかりました』と言います。私は、うちの手羽先唐揚のタレもサムカワイズムの結晶だと思っています」

神野の披露したエピソードに、横に居並ぶ幹部全員が、そのとおりだと言うように大きくうなずいてみせた。

こうして、三時間以上に及ぶ、キックオフミーティングと最初のデューデリジェンスが無事に終了した。

明日からは、監査法人、法律事務所、ビジネスコンサルタントから送られてくる膨大な量の質問に対して、サムカワフードプランニング側が順次に回答していくことになる。基本的に、質問事項が毎日メールで送られ、それに対してメールで答えるというかたちで進められていく。「言った、言わない」の問題を避けるため、電話での一対一のやり取りはしない。文面で「証拠」を残し、関係者のコンセンサスを得ていくのである。

ミーティングの最後に、司会の幸亀がマイク越しに言葉を発した。

「今後は、ほとんどの質問が坂本さんに集中することになると思いますが、どうぞよろしくお願いします」

言いながら一瞥してきた幸亀に、坂本は思わず苦笑いを浮かべて「はい」と答えた。

坂本が本件の窓口になることを知って安心したのは、サムカワフードプランニングの経営陣だけではなかった。

デューデリジェンスは、ファンド側にとっては、売り手側のコンタクトポイントになる人間が重要であり、その人物の優劣がプロジェクトの成否に深い影響を及ぼす。

サムカワフードプランニングの坂本の所作や言動を観察し、ポラリスの関端・密田・浅井の三人は、「今回のプロジェクトはいけるだろう」と直感した。


こうして、デューデリジェンスが始まった。

有名無実化している法律であっても、監査担当となる法律事務所は、例えば、「法令上必要な深夜営業の届け出を所轄の警察署に提出していない」といった細かい点を調査して、その結果をポラリスに報告するのが仕事である。

一昔前なら、「それくらいは、まあいいじゃないか」で済まされたようなことでも、企業コンプライアンスの遵守が叫ばれる昨今において、ファンドは法令を守ることにいっそう過敏になっているのが現状である。

詳細なレポートを受けて、ポラリスが「問題ない」と判断すれば、次のステージへ進み、問題があれば改善するか、あるいはすぐに改善できない状況であれば、「評価額に反映」ということになるのである。

監査側がサムカワフードプランニングから開示された資料を精読し、集まった質問を日本M&Aセンターが、内容によって、二子玉川のオフィスにいる幹部社員に振り分けていった。

Q&A程度で済むものはメールで、そうでないものはヒヤリングで、と交通整理していくのも日本M&Aセンターの仕事であり、およそ二ヵ月の間で寄せられた質問事項は、ビジネスに関するものに加え、財務・税務に関するものだけで二百を超え、法務に関するものも百八十あまりと、膨大な数になっていた。

年内である二〇一〇年十二月中に「クロージング」――契約を締結するというタイトなスケジュールを組んでいたので、サムカワフードプランニング側の対応窓口となった総務部長の坂本には想像を超える仕事量がもたらされた。当然、日常業務に加えての仕事だ。

背負った責任の重さと労力はサラリーマンの限界を超えていた。

そう、まるで、絶え間なくジョウロで注がれてくる水を、坂本が漏斗の役目になって全て集め、浄化させた水を相手に滞りなく返していく、そんな毎日だった。

この時点で、M&Aの話は、社内でも経営陣と幹部社員にしか知らされていないトップシークレットである。

坂本は部下の誰かに相談したくても、それが許されず、もちろん、業務の手助けも望めない。キックオフミーティングでの配布資料の回収といった、アルバイトでもこなせる雑用ですら全てひとりで行った。しかし、坂本は、そんな、生涯一度も経験したことのない忙しさに目を回しながらも八面六臂の活躍で自分に与えられた任務を全うしていった。


一方、ポラリスの担当者たちは、デューデリジェンスの期間中、プロジェクトチームの調査結果が上がってくるのをただオフィスで待っていたわけではない。

平日の朝七時にJR川崎駅に集合して、駅前ロータリーに面した〈磯丸水産〉川崎駅前店に向かう。果たして、こんな早朝から居酒屋に本当に客が入るのか――それを確かめるためだった。現地に着くと、バスから降りてきた男たちが、ゾロゾロと店の中に入っていく。近くの工場で夜勤を終えた労働者が帰りがけに一杯やったり、腹ごしらえしに来たのだ。

居酒屋で朝から朝食メニューを出しても需要はないのではないか。そんな予想を念頭に、ポラリスの視察団が店の入り口に立つと、朝食はもちろん、ひとり、あるいは仲間たちと酒をくみかわす姿が見られた。

オフィスの中で数字を眺めているだけではわからない、〈磯丸水産〉という店の熱気がダイレクトに伝わってきた。もちろん、調査であるということを伏せながら店長や店員との会話を試み、ときには、ちょっとしたリクエストを言って、その対応を見た。「百聞は一見にしかず」だった。そうして、良い立地条件で、良い店を作れば、自ずと客が集まり、売上げが立つということを、ポラリスの社員たちは肌で感じ取った。

また、別の日は、東急池上線沿いの蒲田店にも足を運んだ。

「防災扉の位置が、消防法で問題があるのではないか？」という指摘が弁護士事務所からなされたからだ。関端・密田・浅井の三人は、このときも客を装って店に入り、店舗スタッフの目を盗んで防災扉を開けてみた。法律上はセーフだということがわかったものの、「ドアの前の荷物はどかしたほうがいい」と店員にアドバイスを送り、怪訝な表情で見つめ返されたりもした。

浅井は名古屋出身ということもあり、手羽先唐揚には特別な思い入れがある。学生時代も〈鳥良〉を何度も訪れていたし、マネジメントインタビューの最中にも、残業で帰りが遅くなったときは〈鳥良〉のカウンター席で少しのアルコールを嗜みながら、今回の案件の成就を願っていた。デューデリジェンスの期間中は〈鳥良〉や〈磯丸水産〉への来訪回数がさらに増え、体重計の針はいままでよりも大きな値を指した。

二〇一〇年も残り二ヵ月を切った。

酷暑が遠い過去の出来事だったように、冷たい風が街中を駆け抜け、アメリカ合衆国で行われた中間選挙では、オバマ大統領率いる与党民主党が惨敗した。あれだけの支持を得たカリスマリーダーでも改革の結果が出なければ、大衆の視線は角度を変えてしまうのだ。良作はそんな世の中の動きと自身の会社の行く末を照らし合わせて、身を引き締める思いでコートの襟を立てた。

しかし、全てのデューデリジェンスが終了し、日本M＆Aセンターを介してポラリスが提示してきた「サムカワフードプランニングの評価額」は、そんな良作の胸元に冷たい刃《やいば》を突きつけるものだった。

想定を下回る数字が、隆と良作の眼前に現れた。

第四章

締結のとき

ポラリスによる評価額は、意向表明書にあった「八十五億〜九十五億」の下のほうであった。

しかも、その中には経営陣として残る良作の役員報酬も含まれ、株価を合計しての数字になっていた。

良作は、役員報酬(給料)と株価を合算して考えるのは理に合わない、あくまでも給料は給料であり、株価は株価だと思った。

会長の隆と、社長の良作の株の持ち分は五十対五十である。会長は退職するので役員退職金が支払われて完了だが、社長は続投なので役員報酬を受け取っていく。当然、兄弟ふたりにはそこでかなりの差が生じてしまう。ポラリス側には、会社に残る良作に多めに支払いたいという思惑があったが、良作の目にはそれが不公平に映った。

仲介役の日本M&Aセンターの幸亀は、経営権や株の持ち分のことで親族間のトラブルをたくさん見てきたので、譲り合いの精神がある隆と良作を見て、心の洗われる思いがした。

そうしたかたちで、兄弟間の譲歩はあっても、対ファンドにおいてはふたりの中に譲歩の文字は薄かった。

「この価格では納得できない」と、ポラリスに強気な姿勢を示しつつも、すでにM&Aの方向は幹部社員たちに示しているので、いまさら引くに引けない。とは言え、安易な妥協もできない。押しては引き、引いては押してを繰り返すうち、徐々に落としどころが見えてくるのがデューデリジェンス後の価格交渉だとも理解しているが……。

サムカワフードプランニングは一円でも高く売りたい、一方、ポラリスは一円でも安く買いたい。

両社が対立するのは当然なのだが、良作たちは事前に自分たちの方針として「欲をかかない」ということを決めていた。ある地点に達したら妥協しよう。あらかじめ、そう話し合っていたのだ。高く売りたいのは山々だが、売却話が成立しなかったら元も子もない。

年内中に必ず契約を成立させること——その最大目標のためには、あまりにも時間がなかった。

それでも、やはり、「下限」の提示額には抵抗がある。「上限」まで持って行こうとすれば無理を押し付けることになり、結果的に得するかもしれないが、ポラリスとわだかまりができるのは避けたかった。

そう、「損して得取れ」とも言う。良作は、これから、社長の木村たちと足並み揃えて経営に当たらなければならないことを想起した。また、本音を言えば、「急いては事をし損じる」という意識もあった。価格交渉については、年が明けてもいいから、腰を据えてじっくり行きたいとも考えていたが、兄の隆が「善は急げ」を強く主張していた。

年末年始を跨ぐと、何が起きるかわからない。これまでの一連の流れから、会長の隆は潮目が変わることを恐れていた。とにもかくにも、「年内中」に決着すること——隆が定めた契約成立のタイムリミットは「十一月二十六日」であった。

「年内」が目標なのに、かなり早い気もするが、実のところはそうではない。

両社が契約を締結し、金融機関が融資を実行するまでには、さまざまな手続きが必要となる。交渉成立後に、デューデリジェンスで指摘されたことをすべてクリアしていかなければ、銀行は融資を実行しないのである。

例えば、そのひとつが、「チェンジオブコントロール」の条項だ。

チェンジオブコントロールとは、不動産の賃貸契約を結ぶ際に、買収などによって会社の支配権(コントロール)が変更となった場合、相手方(土地の貸主)が一方的に契約を破棄できるという条項のことである。

そのため、今回のM&Aによって、経営権がサムカワフードプランニングからポラリスに移ったとなると、最悪の場合、店舗の賃貸契約を大家によって破棄されることもあり得るので、そのための承諾を全ての店舗の貸主から取らなければならないのだ。

さらにまた、警察に深夜営業の届け出を再提出するなど、その業務に最低でも一ヵ月はかかってしまう。銀行への提出書類は十四種にも及び、ひとつでも漏れがあると実行不可能になることも日本M&Aセンターから教えられた。

十一月二十六日——万が一、この日までに交渉が成立しなければ、次の四半期の締めとなる翌年三月を目指すことになるだろう。それはあり得ない話だ。

刻一刻と迫るXデーに向けて、良作は幹部社員を率いて必死に舵を取った。


契約の細かな内容を精査するには、サムカワフードプランニング側にも然るべき弁護士が必要だった。

日本M&Aセンターの顧問弁護士に依頼するという選択肢もあったが、良作には以前から、いざというときに依頼しようと考えている弁護士がいた。

新宿のパークハイアットホテルに「クラブ オン ザ パーク」というスポーツジムがあり、会員の良作がサウナの中で顔なじみの男性に話しかけたことがその弁護士のことを知るきっかけだった。

「失礼ですが、どんなお仕事をされていらっしゃるんですか？」

良作と同年代とおぼしき、鼻の下に髭をたくわえたスポーツマンタイプの会員は、「太陽光発電関係の会社を経営している」と答え、自らを名乗った。

笠原唯男。かつて、太陽光発電モジュール＆太陽光発電システムを製造販売していたＭＳＫ社の代表取締役だった男だ。同社は二〇〇六年に世界三位の太陽光発電メーカー・サンテックパワーにＭ＆Ａで会社を売却し、笠原はサンテックパワージャパンという会社の会長を務めているという。

Ｍ＆Ａという言葉を聞いて、良作はドキリとすると同時に不思議な巡り合わせを感じた。まさに、ポラリスとやりとりしている最中だったからだ。

良作は、「実は我が社も……」という言葉を飲み込み、Ｍ＆Ａを実際に経験した先達の話に耳を傾けた。そうして、笠原がその話の中で、Ｍ＆Ａの有能な弁護士としてひとりの男を挙げたのだった。

小沢・秋山法律事務所の吉岡浩一弁護士である。

十一月の初旬、ポラリスとの交渉を前に、良作は笠原に連絡して吉岡のアポイントメントを取り付けると、彼が所属する、東京・虎ノ門の小沢・秋山法律事務所に兄の隆と一緒に赴いた。

笠原から聞いていたとおり、誠実さを絵に描いたような第一印象に、良作はここを訪れて正解だったと思った。

すでに契約書のひな型は完成していたので、早速、それを吉岡に見せたところ、「あれ?」と首をかしげた。デューデリジェンスからポラリスの法務を担当していた北村・平賀法律事務所の弁護士の名前に見覚えがあったのだ。いや、見覚えがあるどころではなかった。

「この契約書を作った北村先生は、以前、うちの事務所にいた方ですよ。私が四十七期で、北村先生は四十八期で、私の一期下に当たります」

こんな偶然があるのかと、隆と良作は顔を見合わせ、目を丸くした。

これも何か見えない糸にたぐり寄せられた結果に違いない。ふたりはその場で吉岡浩一に仕事を依頼することを決めた。

快諾しながら、吉岡は思った――M&Aが成功するか否かは、我々弁護士の手腕というより当事者の熱意にかかっている。成約に至るまで、売り側と買い側が短期間で集中的に全エネルギーを注がなければならないので、その熱意がないと案件は成就しない。その点、目の前にいる寒川兄弟は見た目も態度も、その力は十二分にありそうだ。映画やドラマでは、弁護士同士が丁々発止するシーンがあるが、M&Aの場合もそれに近いことが起こり得る。同門の北村弁護士なら、その相手として不足はない。

両社の弁護士たちが実際に交渉に入る段階では、ある程度、主要な条件は当事者間で合意されていることが多く、ポラリスとサムカワフードプランニングの場合も例外ではなかった。価格や株式譲渡の時期など、おおむね決まっている。

後は細かい条件面のチェックである。契約書にある一字一句を点検し、相互コンセンサスを得ていくのだ。当然、どちらか一方の主張だけが通るわけではない。お互いに、どこを押し、どこを引くか。北村・吉岡の両弁護士が、ポラリスとサムカワフードプランニングの意思をそれぞれに汲み、押し引きの加減を見ながら進めていくのである。

そんな北村も吉岡も、これまでに多くのM&Aに関わっていたので、北村が作る契約書も、吉岡が作る契約書もどこか共通するものがあった。同じ屋根の下にいた身でもあるので、相手の考えていることやねらいも窺い知れた。

初対面のその日、吉岡は、全力を尽くして事に当たることを隆と良作に約束し、事務所を出ていく兄弟の背中を見送った。

吉岡弁護士と寒川兄弟の二度目の面談は、十一月十一日に日本M&Aセンターの幸亀を交えて行われた。

それまでの間に契約書をあらためて精読していた吉岡が、まず、「株式譲渡契約書」の第三条・第五項の内容を指摘した。

そこには、「譲渡代金から、良作と隆で三億五千万円ずつ、計七億円を戻すこと」という文言が記されていた。ポラリスがサムカワフードプランニングに支払う中から七億円をサンフランシスコホールディングスに入れること、それと引き換えに七億円分の優先株を兄弟に譲渡するという契約だった。

優先株というのは、議決権がない代わりに、例えば、万が一、会社が解散したときに残った財産を優先的に受け取れる株式のことである。

譲渡後も会社経営を良作に任せたうえ、利益数字のインセンティブとして、七億円に年一三パーセントの複利をつけて戻すという、一見、とても良い条件がついていた。

ポラリスはここにふたつの目的を持っていた。

ひとつは社長である寒川良作の「やる気」を持続させるというものである。

宝くじなどで大金持ちになった途端、労働意欲が失せ、仕事を辞める人間もいる。ましてや、何十億円ものキャッシュが手元に入ったとなると、それまでのように仕事一途で頑張れなくなるのが普通だろう。そうならないよう、良作から一定額を預かっておけば、その金を減らさないよう頑張るだろうという目論見である。

もうひとつは、簡単に言えば、担保金としての七億円である。契約書の中に、「表明保証条項」というものもあった。

これは、サムカワフードプランニングに、未払いの労働賃金や法令違反・債務・税金の滞納の有無という事実があった場合、ポラリスに対して全てを表明し、それに間違いのないことを隆と良作が保証するというものだ。後になって、その事実が表明内容と異なることが判明した場合は責任を取ってもらう……身銭を切って損失を補塡せよという話である。

この表明保証自体は、M&Aの契約ではごく一般的に設定されている条件のひとつだが、当事者にお金が払えない場合は面倒なことになる。それゆえに、「表明保証違反で責任を問う」という事態になったときのため、優先株の償還金の中からお金を徴収するという条件をつけてきたのである。七億円はそうした側面も持っていた。

契約書を片手に、吉岡は良作と隆を見て、毅然とした態度で言った。

「この七億円は、言うなれば人質ですよ」

良作は、吉岡の言わんとすることを理解したが、「とにかく、年内に決着をつけることを最優先にしたい」と答えた。この件を片付けないと、話が先に進まないことを承知していた。

吉岡が念押しするように「七億円は戻ってこないものだという覚悟はありますか？」と尋ねた。

少しの時間を置いてから、良作は「それでも構わない」と答え、隆に目線を向けた。こちらに原因があるような何かが起きたときは、人質的なお金から補償するのもしかたない――そう考えたのである。

兄の隆は、「むしろ、最初から返ってこないと考えておいたほうがいい」と助言したが、良作は、「意地でも絶対に取り返す。一三パーセントの利子をつけさせて、きっちり取り返してみせる」と声を張った。

良作には、サムカワフードプランニングが労務や税金についての法令違反をしていない自信があった。マネジメントインタビューやデューデリジェンスの過程で、幸亀は「後で事実を隠していたことが発覚するのは最悪だ」と言っていた。そのアドバイスに従い、交渉で不利になりそうなことも全て隠さず告げてきたつもりだ。だから、少なくとも、現段階で信義に反するようなことは何もしていないことはわかっていた。

しかし、それは一方的な思い込みの可能性もある。

M&Aにおいては、会社を売る側と買う側がいて、売る側は自分たちのことを十分に把握しているが、買う側はそうではない。そのため、売る側に「疑いの目」が向けられるのは当然のことだった。

例えば、ある壺の価値を、売る側が買う側に保証したとする。

そのときに、壺の売買がなされてから、実は売る側も知り得なかったような事実――例えば、「微細なヒビがあった」という事実が発覚した場合、売り側は買い側にどう補償するのか、これをあらかじめ決めておく必要がある。「ヒビが見つかった」と言っても、買ってからヒビができた可能性もあるから、三年間は補償するが、三年以上経ってからは補償しません、それで良いですね？――そんなふうに、売買における条件をひとつひとつ決めていかなければならなかった。

また、別に、「競業禁止義務」という条項があった。

寒川兄弟はサムカワフードプランニングを退社した後、一定の期間は同じ業種の商売をしてはならないというものなのだが、それには妻や子どもたちも含まれるのか。仮に、妻が同業の商売を始めたときに、出資したり、アドバイスしたりするのは可か否か――未来形の仮定を増やしていけば、際限のない付帯条件となる。そうしたことを巡って、論議が続いていった。

デューデリジェンスのときにポラリス側の北村弁護士が指摘してきた問題点にも、契約書を読みこなしながら対処していく。

頭を悩ませたのが深夜営業の届け出問題だった。

書面には、契約の締結までに、深夜営業をしている店舗は全て警察に届け出をして、深夜営業の許可を得ておくことという条文があった。それが実行できなければ、銀行からの融資はなされないという。

届け出がなかった理由で店舗が閉鎖せざるを得なくなった場合のリスク回避である。論理はわかるが、深夜営業の届け出義務というものは、戦後まもなく、いかがわしい商売を規制するためにできた法律であり、居酒屋に適用されることは稀だ。しかし、「法律は法律であり、何十億ものお金が動くのだから、それを遵守するのは当然」と言われれば返す言葉がなかった。

そんな「重箱の隅」について、現在《いま》この場合はどうするか、将来こうなった場合はどうするかと、双方の主張をすり合わせながら合意に向かって進めていく。

十一月二十六日までに調印しなければ、年内の売買は成立しない。

隆にも良作にも焦りの色があった。

当初、「契約書の確認作業から二週間もあれば何とかなるだろう」と考えていたが、いたずらにときが過ぎていった。

いよいよ、契約内容を合意しなければならない二十二日月曜日からの週は、まず、その二十二日にポラリス側と直接対話を行い、翌々日二十四日と、続く二十五日は電話会議を行う段取りになった。

牛歩ではあったが、確実にゴールへと進み、まさに、締結のための大詰めを迎えた。

最終日となる二十五日の交渉は、虎ノ門の吉岡の事務所で午後の三時から始まった。

前日に続いての電話会議だ。

ポラリス側は関端と密田と浅井、そして、交渉のキーマンである北村弁護士。対するサムカワフードプランニング側は、会長の隆と社長の良作、吉岡弁護士に加え、日本M&Aセンターの幸亀の四人が席に着いた。場所こそ離れているものの、四対四の交渉テーブルだ。

泣いても笑っても最後の話し合いということもあり、いつも以上に、重く緊張感のある空気が、電話越しに漂った。

あっという間に二時間が過ぎ、師走間近の短い陽が落ち、ガラス窓の外が暗くなった。

虎ノ門の会議室は十人程度がゆったり座れる広さだったが、良作たち四人は秘密の会談に集う男たちのように体を近づけ、頭を突き合わせて、ポラリス側の発言を聞きもらさないよう契約書の文面を目で追いかけた。

食事は近くのコンビニで軽食を買ってきて簡単に済ませた。それはポラリス側も同じで、まともな休憩時間をお互い設けずに話し合いを続けた。対面しての交渉のほうが効率的な気もするが、そうではない。電話もテレビ電話ではなく、音声だけである。つまり、電話線を通じて相手が投げてきたボールを、いったん通話を切って自分たちのチームで話し合い、その結果を返していくのだ。メンバー間の会話の様子や内容は相手に見られないほうが賢明だ。アナログで時代遅れな会議方法が取られたのはそんな理由からである。チームによる頭脳戦の、相手の懐を探り合うオンラインゲームと言ったところだった。

懸案となる条項文がひとつひとつ時間をかけて潰されていった。あと一歩でゴールだ。時刻は、居酒屋帰りのサラリーマンたちが帰途に就く頃になっていた。

最後の最後まで争点として残ったのが、「アルバイトの社会保険の未納問題」だ。

それは、法律上で義務化されてはいるものの、当時は外食産業において有名無実化していたため、厳格に適用された場合は、過去二年間にさかのぼって、サムカワフードプランニングはその未納分を納めなければならない可能性があった。

また、このアルバイトの社会保険に関しては、過去二年分の未納金の納付のみならず、譲渡後に発生する社会保険料をも保証する、という一文が添えられていた。

隆と良作は、過去に関しては保証するが、譲渡後に発生する社会保険料までは保証することができないと主張した。過去の表明保証については責任を取れるが、未来形の表明保証は納得がいかない。今後、店舗の拡大でアルバイトの人数はますます増えていき、国の法律がいつ変わるかもわからない状況だ。

「そこは除外していただきたい」——隆と良作は頑として譲らなかった。

しかし、ポラリスも「はい、そうですか。わかりました」とはならない。

議論は平行線をたどったまま歩み寄りを見せる気配もなく、時間だけが流れていく。このままでは、契約がご破算になる可能性があった。

隆と良作、幸亀と弁護士・吉岡の四人は、腕を組み、時折、部屋の壁をじっと見つめて思案を重ねた。

空気が緊迫の色に染まった。

もうわずか数時間後……明日二十六日がタイムリミットである。

電話機に外付けしたスピーカーとマイクのスイッチを切り、吉岡が嘆息しながら言った。

「向こうもなかなか折れませんね……。どうしますか、それでもやはり年内の決着を目指しますか？」

「ええ」

少し弱気な口調になって、隆が答える。

「年内中にクロージングまで持っていくことを大前提に進めてきた話ですので、もし、来年まで持ち越すようなことになるのであれば、この話はなかったことにしていただきたいと思います」

自らに言い聞かせる感じで、隆は強い決意を言葉に込めた。

吉岡が「わかりました」と即応する。

隆と良作が望むのは、将来の社会保険料に対する表明保証の除外、その一点だけである。他の条件はどうでもいい——そう言い切っては語弊もあるが、さして重大視する問題ではないと思った。

腕時計に視線を落として、吉岡はある戦術を取ることにした。

別の条件……本来なら受け入れてもいい条件を「飲めない」ということにして、いちばん重要な問題である社会保険の表明保証の除外を目立たなくさせるという戦術である。

本当はAだけでいいのだが、Aの他にBもCも要求すると、相手は「どれかひとつにしてくれ」となるだろう。そのときに、「では、しかたないですね」と譲歩した体《てい》を装い、本命のAだけを要求に残すという作戦だった。

もはや、時間は止めようがなかった。

動作を急ぐように、吉岡が電話のスイッチを入れて、マイクに向かう。

「話し合いを始めてから八時間以上も経って、お互い、理解力も判断力も落ちてきていると思います。ですから、これからこちらが申し上げる条件をもし全て拒否されるようであれば、明日の調印はなし、ということにしましょう。それでいいですね？」

冷静沈着ながらも強い口調だ。

この日の話し合いは、いわゆるチキンレースのようなものだった。断崖絶壁に向かって走る二台の車のうち、先にブレーキを踏んだほうが負けという賭けである。

要するに、弁護士の吉岡は、「そっちがブレーキを踏まない気なら、どちらも崖に突っ込むことになるぞ」と宣言したのである。レースが無駄に終わり、何の勝敗も成立しなくなるということだ。

「……少し検討させてください」

ポラリス側の北村弁護士の言葉を最後に、電話の音声がミュートされ、室内に再び長い沈黙が訪れた。

ポラリスの浅井は電話が切られると、社長の木村にすぐさま連絡を取った。最終判断を仰ぐためだ。

関端・密田・浅井の三人と北村弁護士の間では、「もう一度差し戻してもいいのではないか」という案も出たが、「ここまで来たら、相手の言い分を受けたほうがいいのではないか」という結論に至っていた。

心の動揺を抑えて、浅井が木村に向き合う。

「社長……『お受けします』と言ってしまっていいですか……?」

一拍置いて、木村は短く返した。

「わかった。君たちに任せる」


テーブル中央に置かれた電話のミュートが解除され、スピーカーから北村弁護士の声が聞こえてきた。

「将来の社会保険料に対する表明保証の除外の件ですが、それについては、当社側はお受けいたします」

隆と良作と幸亀はいっせいにお互いの顔を見合わせた。その日、初めて、三人に笑顔が浮かんだ。

弁護士の吉岡を交えた、結束あるチームに囲まれて、幸亀は心底から安堵した。

時間をかけてマネジメントインタビューを行い、デューデリジェンスを終えた後でも、売り側と買い側の交渉が破談になることもある。

日本M&Aセンターのような仲介会社は、クライアントから依頼を受けたときの着手金とディールが成立したときの成功報酬が収入となるのだが、成功報酬なくては利益が生み出されないビジネスである。

通常、幸亀のような社員は常にいくつかの案件を抱えている。それらを同時並行で進めていき、年間でどれくらいの数をまとめられるかが勝負なのだ。

しかし、サムカワフードプランニングとポラリスの案件は扱う額も大きく、会長の分林から「特別なクライアントなので心してかかれ」と言われていたので、他の案件と掛け持ちせずに尽力していた。もし、話がまとまらなければ、その年の成果はゼロという結果に終わってしまう――まさに背水の陣だった。

時計の短針はすでに「12」を回り、虎ノ門の駅周辺はタクシーを待つサラリーマンが街中にまばらに立つ時間に変わっていた。

深夜に及ぶ交渉の末、契約は何とか成立した。

それから半日も経たない、翌十一月二十六日の午前十時から、日本M&Aセンターの一室でサムカワフードプランニングとポラリスによる調印式が行われた。

出席者は寒川隆と良作、それにポラリスの社長である木村雄治と関端・密田の五人である。

無事に調印を終えた後、五人で記念写真を撮った。

中央に立ったのはサムカワフードプランニングの会長である寒川隆。その右にポラリスの木村雄治、左に良作。三人は大切なものを包み込むように六つの手を重ね合わせている。そして、そんな主人公たちを守るように、両端に関端と密田が並んだ。唇をぎゅっと結ぶ隆の横で、木村と良作が目を細め、白い歯を見せた。傍らで、関端と密田は意思統一を図ったように恭しく微笑んだ。

契約内容を巡り、長らくテーブルを挟みながら丁々発止を繰り広げた者たちが、がっちり手を組んだ瞬間である。

今日から先の一ヵ月間はともに手を携え、投資実行というクロージングに向けて全力で突き進んでいくのみである。とは言え、解決すべき課題は山のようにあった。

放っておいても問題にならないような些末なことでも、弁護士から「不備」と指摘されたものは全て解決しなければならない。

調印の喜びもつかの間、サムカワフードプランニングの幹部たちは、十二月の書き入れ時にそれぞれに課せられたミッションをクリアすべく、連日連夜奔走した。

課題は、全部で二十七項目もあった。

中でも、賃貸物件のオーナーからあらためて承諾を得る業務は困難を極めた。「サムカワフードとは契約したが、ポラリスと契約した覚えはない」と、契約書への捺印を拒否されたり、肝心のオーナーが海外旅行でつかまらなかったり、あるいは、「弁護士を通せ」などと声を荒らげられたりもした。店舗開発部の落合を中心に、該当店をひとつずつ当たっていくのだが、誰もがそこまで大変だとは予想もしなかった。

また、深夜営業の届け出は時間さえあればすぐにできるものと思っていたが、相手はお役所である。

「いまさら、何でこんなもの持ってくるのだ?」と煙たがられもした。新規店ならまだしも、すでに営業を続けている店舗だから、「いまさら」という彼らの言い分もわかる。黙って受け取ってくれればいいものを、なかなか受け取ってくれない。「もう一回、店の図面を描き直せ」「もう二回来たら受理できる」。いじめかと疑いたくなるような対応を見せる担当者もいた。

課題の全てをクリアしなければ投資が実行されないことも契約書が明らかにしていたので、サムカワフードプランニングの幹部社員たちは脇目も振らずに最善を尽くしたが、物理的にどうしても無理なものはポラリス側の弁護士に理解を求めた。

そうこうして、一ヵ月の時間を費やし、クロージングの作業が終わった。

十二月二十七日。ついに投資が実行されたのである。

日本経済新聞・十二月二十七日の朝刊には、次のような見出しが躍った。

「投資ファンド・ポラリス　飲食チェーンを買収　サムカワフード　六十〜七十億で」

見出しに書かれた数字と実際の買収金額とは「誤差」と呼ぶには大き過ぎる数字の開きがあったものの、記事の内容そのものは正確だった。

いつの間にか、二〇一〇年のカレンダーは残り五日を切っていた。

隆と良作兄弟の、長く、熱い一年が、ようやく幕を閉じようとしていた。

第五章　天変のとき

年が明けた。

二〇一一年――十干・十二支を組み合わせた「辛卯《かのとう》」。六十年に一度のこの干支は、「辛」という字が示すように、我慢・苦労が多い年とも言われている。歴史を紐解けば、一八九一年にマグニチュード八・〇の濃尾大地震が起こり、二十世紀以降も、国内外問わず、不慮の大事故や災害が相次いでいる。

しかし、サムカワフードプランニングにとっては、文字どおり「新たな一年」のスタートとなった。年末にM&Aの調印に至り、ホッと一息のお正月であった。もっとも、〈鳥良〉や〈磯丸水産〉といった店舗にとっては、年末年始の休みなどなく、むしろ、お屠蘇《とそ》気分の人々で賑わう時間であったが。

一月五日。本社の仕事始めの日に、ポラリス側への対応窓口として、サムカワフードプ

第五章　天変のとき

年が明けた。

二〇一一年――十干・十二支を組み合わせた「辛卯《かのとう》」。六十年に一度のこの干支は、「辛」という字が示すように、我慢・苦労が多い年とも言われている。歴史を紐解けば、一八九一年にマグニチュード八・〇の濃尾大地震が起こり、二十世紀以降も、国内外問わず、不慮の大事故や災害が相次いでいる。

しかし、サムカワフードプランニングにとっては、文字どおり「新たな一年」のスタートとなった。年末にM&Aの調印に至り、ホッと一息のお正月であった。もっとも、〈鳥良〉や〈磯丸水産〉といった店舗にとっては、年末年始の休みなどなく、むしろ、お屠蘇《とそ》気分の人々で賑わう時間であったが。

一月五日。本社の仕事始めの日に、ポラリス側への対応窓口として、サムカワフードプ誰も何も言わない。

水を打ったように静まった部屋で、木村の声が再び響いた。

「予算という言葉の意味をわかっているんですか？　ただのお題目じゃないんですよ。あなたたちが自分で掲げた予算なのに、それを達成しなくてどうするんですか？」

木村の発言は正論だった。確かに予算は未達だったが、年末にかけてのこの三ヵ月……特に十二月は調印のためのクロージング業務で頭も体も本業どころではなかった。

しかし、いまこの場でそんな言い訳をしても意味がない。

名指しで最初に槍玉に上げられたのは、営業管理部長の野崎だ。

木村から、売上げ・粗利益・営業利益といった数字の質問が矢継ぎ早に飛んできた。まさか、最初の顔合わせでそこまで追及されるとは思っていなかったため、野崎はスラスラとは答えられない。言葉に詰まると、すぐさま別の質問があり、それに答えている途中で、また他の質問が飛んできた。まるで、故意に答えさせまいとするように、次から次へと厳しい質問がぶつけられたのである。いつもは何があっても動じないクールな野崎のあたふたぶりが傍目にもわかった。

良作はうまい助け舟を出せずに、心の中で「すまない」と頭を下げた。

およそ二時間にわたる紛糾の末、ポラリスがスポンサーになっての最初の会議が終わった。

木村たち三人が部屋を出て行った後も、サムカワフードプランニングのメンバーは誰も立ち上がろうとしない。

予告もなく、凄まじい台風に襲われた気分だった。

誰もが疲れ切った表情で押し黙り、会議室はまるでお通夜みたいだ。

「この先、どうなってしまうんだろう……」

全員の顔にそう書いてあったが、受け止め方はそれぞれが微妙に違っていた。

比較的に冷静だったのは店舗開発部長の落合だ。

「いかにも数字第一主義のファンドの人間らしいな」というのが木村に対する第一印象だった。投資効率を重視するのは大切なことだが、それをあまりにも重視し過ぎるのではないかと思った。

例えば、サムカワフードプランニングの店舗は、業態規模にもよるが、〈磯丸水産〉であれば、一店舗で約一億円の投資を行ったとして、その回収期間は、保守的に三年程度で見積もり、それをクリアできれば「良し」、前倒しできれば「なお良し」、と考える。ところが、ポラリスのようなファンドや投資家からすれば、それは「長過ぎる」のである。実績として回収期間が短いのであれば、次の新店はそれよりもさらに短期間での投資回収を目指すということだ。

落合は危惧した。あまりにも短期間での利益を優先していくと、創業以来、寒川兄弟がずっと守り続けてきた「一店舗一店舗をじっくり育てていく」方針から外れるのではないか。

新規事業部長の神野は木村に接して思った。寒川兄弟以外の「経営者」を直接目の当たりにするのは初めてだが、その存在にはかなりの違和感を覚える。一言で言えば、「金勘定の人」という印象だ。寒川社長は、たとえ、新規事業が予算未達であっても、問答無用で叱責するようなことは決してなかった。同じ釜の飯を食う仲間たちのリーダーであるが、だからと言って、上から目線でモノを言うこともない。「みんなで一緒に頑張ろう」と、気持ちや雰囲気を大切にする人間だが、木村はそれと正反対の「金勘定」を最重視する人物に映ったのである。良作が「情」の人間だとすると、木村は「理」の人間だ。

人事部長の熊谷はまた違った見方をした。会議室に入ってきた木村の、頭のてっぺんからつま先からまで高級品で揃えた一分の隙もない身なりを見た瞬間、「やっぱり、ハゲタカファンドか」と、心の中でつぶやいていた。そうして、木村が第一声を発する前から「これはただ事じゃやすまないぞ」という予感がした。人事のプロである熊谷は、面接試験において、相手の入室から三十秒もしないうちに、採用すべきかそうではないかをほぼ判断し、それからじっくり話した後に自分の直感に間違いがなかったことを確認していく――とは言え、木村は会ったことがないタイプの人間だった。その高圧的な言葉遣いと態度を見て、熊谷は、木村が「これからは自分がこの会社のオーナーであり、あなたがたの統治者なのである」という事実を意図的に植え付けようとしているのではないかと思った。

良作には、会議室に残った幹部社員の心模様が、鏡に映るよりもはっきり見て取れた。

しかし、「木村さんも、いきなりあの態度はないよなぁ」などとは絶対に言えない。社長の自分が、部下への同情を共感に替え、ポラリスの悪口を言ったらそこでおしまいだ。いままでの労苦が水泡に帰すだろう。この会社を真に担っていくのは、紛れもなく、いまここにいるメンバーなのだ。彼らのモチベーションの火を消したら、サムカワフードプランニングはその瞬間にダメになる。

良作は幹部全員と向き合い、自らに言い聞かせる思いで静かに語った。

「名前こそ、いまも『サムカワフードプランニング』ではあるが、実態はもう寒川家のものではない。株式上はポラリスのものだ。そのポラリスと反目し合うことは、全社員の未来がなくなるということである。未来永劫にポラリスと歩みを進めるわけではなく、この会社はいずれＩＰＯする。それまでに結果を出していけば、必ずみんなが幸せになれるのだ。だから、いまは我慢して、一緒に頑張っていこう」

木村が来社した一月十日以降、経営会議が開かれる木曜日は「暗黒の木曜日」となり、その前日の水曜日は誰もが憂鬱な気分になった。

翌週一月十七日、二回目の会議が開かれたその日に、光行康明が取締役としてサムカワフードプランニングに着任した。

実は、一月五日に入社していた経理財務部長は、慣れない環境の中で精神的に負荷がかかり、着任早々に辞任してしまう。ポラリス側の膨大なリクエストに応えつつ、サムカワフードプランニングの数字情報を取りまとめるのが経理財務担当の仕事であり、それはかなりのハードワークに違いなかった。実際、同年の九月にも新たな経理財務部長が着任したが、わずか八ヵ月で退職していた。

光行康明は、もともと、日本興業銀行の行員で、ポラリスの木村の先輩に当たる人物だった。金融の表も裏も知り尽くしているうえ、サムカワフードプランニングともうまくやっていけそうだ――そんな算段で、木村自身が白羽の矢を立てた。

光行と良作の対面は、調印を終えた昨年二〇一〇年暮れだった。東京駅八重洲口近くのポラリスのオフィスで会った。

良作は、まず、光行の邪気のない笑顔に惹かれた。誠実そのものの人柄をほんの一瞬のうちに窺い知れた。

最終的な人事権を握っているのは社長である寒川良作なので、光行の取締役就任は良作の判断によるものと理解してはいるものの、幹部社員のほとんどが「ポラリスが送り込んできた人物」と色眼鏡で見ていた。

そして、経営面で最も大きな変化のひとつが財務面だった。

ポラリスがM＆Aで使ったＬＢＯ（レバレッジドバイアウト）とは、買収先の資産を担保にして銀行から金を借り、企業の収益数字を上向かせながら負債を返済していくという手法である。

投資の実行が行われた二〇一〇年末は、たまたま地合いが悪かったときで、金融機関もおいそれとは金を貸してくれない時期だった。しかも、斜陽の気《け》がある外食産業はいっそう厳しい目で見られていた。

金を貸すにもさまざまな条件がつく。金利も高い。

もともと、サムカワフードプランニングは「実質」無借金・無保証の会社であり、「晴れの日に傘を貸し、雨が降ったら取り上げる」と揶揄される銀行が、「次の出店のときは、ぜひ、うちにお願いします」と担当者が頭を下げるような企業だった。

ところが、財務諸表を見ると、ある日突然、とてつもなく借金の多い会社に変貌していた。しかも、金利の高さが尋常ではない。時期も悪かった。計算するのも嫌になるくらいの高金利だった。総務部長でありながらも財務担当も兼任していた坂本にとっては、明るい世界が一瞬にして闇に変わった——そんなイメージだった。

銀行に提出する報告書類も、これまでは「出せるときに出せばいい」という緩やかなものだったが、メインバンクが変わってからは、「何月何日までに、全ての報告書を一枚の抜けもなく提出せよ」というかたちになった。「たったの一枚でも提出が遅れた場合は、全額を即座に一括返済していただきます」といったもので、もちろん、書類上での間違いは許されない。例えば、「風邪で会社を休んでいたため遅れました」といった説明が通じる関係性ではなかった。

理論上、M&A以前は、月商の五ヵ月分以上のキャッシュがあるという経営だったので、資金が尽きるという心配はまるでなかった。

しかし、なぜ、そのキャッシュが急に消えてしまったのか。

ファンドがM&Aを実行する際、買収先の会社に借金があると、買収後もその金利を払い続けていかなければならない。当然、ポラリスとしては「実質」無借金であるサムカワフードプランニングの借入金は「必要最低限のものを除き、全額返済せよ」となる。

そう、「実質」無借金というのは、要するに、借金と貯金の額がイコールになっていたということである。

貯金があるのに、どうして、わざわざ金を借りていたのか――。

当時、財務を見ていた隆は、外食産業が鳥インフルエンザやＢＳＥといった予測不能な事態でダメージを受けたときでも、銀行は金を貸してくれるのかどうかを常々気にかけていた。

最初は、「緊急事態が起きたときは優先的に融資が受けられる」という特別な契約を結んでおけばよいという話だったが、飲食業だけの危機ならまだしも、大震災のような国家規模の危機が起きた場合、銀行自体がダメージを受けるだろうから、特別な契約が守られる保証はない。

そうしたときのために、ある程度の現金を手元に確保しておく必要までも考慮していたのだ。だから、平時の間に銀行から金を借りておき、それをプールしておけばよいと考えた。当然に利息は発生するが、プールした金は国債で運用して、金利負担を減らしていく。逆ざやは必要経費と割り切るしかない。

そのプール金を十二月のうちに全額返済したため、目の前のキャッシュが急に消えたのである。

結果的に、ポラリスのリクエストどおりに「借金」を返済したため、付き合いのあった八行の金融機関との取引きがなくなった。銀行側から「借り続けてくれないと困る」と言われても、「違約金がかかる」と言われても、彼らの姿勢を袖にして借金をなくした。貸し剝がしの逆である。

そうした経緯で、年明けからは貯金という名の「資金」をほとんど失ったうえで経営を続けていかなければならなくなった。

さらに追い打ちをかけるように、ＬＢＯローンの契約においては、「設備投資の上限」が存在していた。

コンセンサスを得ている売上げ数字は、むろん、予算未達があってはならない。その売上げを作るうえで、いちばん即効性があるのは新規の出店である。これまでは、キャッシュもあって、銀行はいくらでも金を貸してくれた。つまり、資金は潤沢なので、好きなときに好きなだけ出店できる状況だったが、あえて、良作は急速な店舗拡大路線を選ばなかった。

売上高だけを求めてサムカワフードプランニングを作ったわけではないからだ。

多くの経営者は、売上げ目標の逆算から、いつどこにどれだけ出店すれば良いかを考えていくが、良作は店舗というハードよりも、まずは人を育て、優れたスタッフを作っていくことをモットーにしていた。

育てた人材に応じて出店計画を立てる。「店舗を増やすからスタッフを募集しよう」という姿勢とは真逆である。

お客様にとって良い店を作れば、お金(売上げ)は後からついてくる。それが、隆と良作の考え方であり、サムカワフードプランニングの方針だったのだ。

急成長する企業は衰退するのも早い。寒川良作が目指したのは、いつまでも残り続ける息の長い会社だった。そして、良い人材をたくさん抱えていることが良作自身の誇りだった。

しかし、いまは、会社の数字的な成長がいちばんに求められるようになった。その手段が新規店舗であり、資金繰りで苦労することはないと思っていた。

ところが、違っていたのである。

「設備投資の上限」——新規出店するのであれば、自分たちで頑張って金を稼ぎ、その中から投資すること。しかも、どんなに利益が出て、資金が潤沢にあったとしても、そこで使える金は八億一千万円という縛りがあったのだ。さらに言えば、営業が傾き、資金が足りなくなった場合も自分でどうにかせよ、というものだった。

また、経営不振で店舗を撤退することになった場合、そこで戻ってくる保証金を「スイープ」と言い、そのまま返済に充てなければならない契約になっていた。

ちょっとでも逆風が吹けば、金が底を突く。そんな最悪のパターンが視野に入った。別の銀行から融資を受ければよさそうなものだが、それも許されない。もし、それでも他の金融機関等から資金調達した場合には、借りた金もそのまま「スイープ」されるルールになっていた。

八億一千万円までの縛りは、新規出店の計画に大きな影響を及ぼす。当然、ＩＰＯの実現にあたっても大きな足かせになる。

新店舗がひとつでも失敗すれば「アウト」の数字である。巻き返しが利かないから、確実に当てに行かなければならない。一打席でヒットを打つこと、いや、ヒットは無理でも是が非でも塁に出ること。そのプレッシャーはいままでに感じたことのないものだった。

これまでは、良作と、落合の率いる店舗開発部だけで足を運んで精査していた物件を、幹部社員全員で現地を見るようにした。全員で確認し、全員で考える。多少のリスクを織り込み済みで出店できていたものが、これからはそうはいかない。仮に失敗し、目標未達となれば、翌年から金利が上昇する取り決めもあった。酷な話である。

木村は、会議のたびに「ゴリゴリ」という言葉を使った。「ゴリゴリ行く」……情ではなく、理を重んじ、数字を徹底的に追い求めていく。

良作は、ＬＢＯという、これまでに経験したことのがない、ある意味で手かせ足かせを嵌められた特殊な条件の下で行う店舗運営と経営の舵取りの難しさをあらためて思い知った。

それでも、サムカワフードプランニングの第二Q初月である一月は予算未達に終わった。

その一月の数字がまだ表に出ない一月の二十五日、都庁近くの新宿センタービルで、全社員が一堂に会し、ポラリスによる新体制発表を兼ねた「全体会議」が開かれた。

開始時刻が午前ということで、店舗から夜勤明けのまま駆け付けた社員も多く見られた。

まずは、社長の良作が出席者全員に、今回のM＆Aの経緯を説明した後、今後の展望について熱い口調で語った。

事業戦略を策定するにあたって、まず良作が考えたのは「社員の幸せ」とは何かということであった。

それは、即ち、企業が継続的に発展していくということである。赤字の会社では決して社員は幸せにはなれない。

会社が継続的に成長発展することが、何よりも社員の幸せに繋がるのだ。

言葉を換えれば、企業価値を高めるということであり、その実現のためにはサムカワフードプランニングとポラリスが一心同体となることが必要である。

さらに将来を見据えれば、それは四年後を目標としたＩＰＯのためであり、引いては全てのステークホルダー、つまり、従業員や取引先、スポンサーであるポラリス、投資家全員の幸せに繋がっていくのである。

企業価値とは何か？

一言で言えば、それは数字に置き換えられるだろう。極論すれば、数字そのものである。

そこまで話すと、良作はプロジェクターが投影した数字を指し示しながら続けた。

上場準備室の創設などを踏まえ、体制作りの年となる今期二十五期は、総店舗数八三店舗、一三二億二千四百万円の売上げに対し、経常利益一三億二千六百万円。公開前の第一期となる二十六期は百店舗で売上げ一五七億七千二百万円、経常利益一五億七千万円、そして、公開直前期となる二十七期には一一七店舗、一八三億二百万円、経常利益一七億八千五百万円を目指す――

高い目標であるが、この数字をガイドラインとして必ず達成し、四年後の上場を実現する。

良作は言葉を区切って、さらに続けていく。

決して不可能ではない！　社員ひとりひとりが「本当にできる」という信念のもとに、一生懸命取り組めば必ず達成できると思っている。

どんな苦しいときでも、それを乗り越えるのは、元気と明るさ、そして笑顔である。そこに幸運は訪れる。

最後にそう強調し、スピーチを終えた。

そして、良作の後で、木村が自己紹介さながらにポラリスの会社概要を伝え、最後に、会長を辞任することになった寒川隆が挨拶した。

終了後、隆と良作はふたりきりで会場から出ると、どこ知れずに重い空気を背負ったまま、新宿駅に向かった。

道すがら、不意に隆が良作に言った。

「良作、えらいところと組んでしまったかもしれんな……」

「どういうこと？」

兄を見た良作に、隆が苦々しい表情で答えた。

「今朝、待合室で木村さんに会ったとき、俺は挨拶したんだが、それが聞こえなかったのか……返事がなかったんだよ。というより、『何しに来たんだ？』という顔に見えたよ」

「そうだったのか……」

「そのときの空気感から、これはただ事じゃないなと思った」

デューデリジェンスのときから海外に渡航していた隆は、ポラリスとサムカワフードプランニングの一連のやりとりをほとんど知らず、木村社長との久しぶりの対面にかなりのショックを受けた。

「お前、これからの舵取り大変だな」と、痛ましそうに良作を見た。

「もう、覚悟はできてるよ」

「悪かった。俺もまさか、こんなふうになっているとは思わなかった」

「いいんだ」

「何かあったら相談に乗るぞ」

「ああ」とうなずきながら、良作は兄の言う「何か」が起きないことを心の中で祈った。

そして、良作は考えた。ポラリスとサムカワフードプランニングが円滑に物事を進めていくには、結果を数字で残すしかない。あの一月十日の会議で、営業管理部長の野崎があたふたしたのは、木村の質問が、つまり、ファンドの見方が外食産業のそれと差異があったからである。どう答えてよいかがわからずに、野崎は困惑したのだ。

例えば、「売上げ」と一言で言っても、それはさまざまな要因が絡み合って生まれるものだ。天気予報にない夕立があったとか、店舗の近くで突然のイベントがあったとか——飲食業には、予算数字や見通しでは計り知れない出来事が多く影響する。それを説明するには、例えば、毎日の店舗状況やスタッフたちの仕事を細部にわたってレポートしていく必要があるだろう。

野崎に限らず、木村への回答は、数字との整合性の有無が必ず求められた。「何となく」「感覚的に」といった抽象的なものは許されない。サムカワフードプランニング内の身内同士なら経験値とあうんの呼吸でわかり合えることも、全て科学的に、数学的に、「なぜ、そうなるのか」を明言する必要があった。

数値化できないことも、とりあえずは数字に落とし込む。予測値でも構わないので、まずは数字にしなければ、木村は納得しない。

例えば、前月よりも売上げが落ちて、目標値である予算に百万円足りないとする。数字達成するために「頑張ります」と答えれば、木村がすかさず「どうやって？」と聞くのだ。売上げを増やすには、客数を増やすか、客単価を上げるかのどちらかしかない。理論的には簡単なことである。

仮に、食事を終えた客に三百円のデザートを勧める。そして、一日に百十人がこれをオーダーすれば、一ヵ月で九十九万円の売上げ増が見込める。そんな説明が必要だった。会議の出席者が「そんなにうまく行ったら、店は苦労しないよ」と思っても、計画を作り、実現化していかなければならないのである。さらに、次の会議のときには「この間の百万円売上増計画は順調に行っているか？」とチェックが入る。

だから、会議に備えて、難儀な質問が来てもすぐに答えられる準備をしておくことになった。

ロジックを組み立て、それを端的に説明していく。少しでも落ち度があれば突かれるので、質問を想定して、万全な体制で臨む。しかし、それでもまた別の部分を指摘される。次回は、さらに綿密な準備が必要となる。無駄だと思えるようなことでも答えられるようにしておかないと論破されてしまう。

会議室に向かう幹部社員の手持ち資料が回を重ねるごとにだんだん厚みを増していった。責められれば責められるほど、何とか打ち返そうと、全員が懸命に食い下がっていく。誰も逃げなかった。予算数字達成への尽力はもちろんのこと、ポラリスからの質問やリクエストにもしっかり正確に応えるという意識が幹部社員たちの中でいつしか芽生えていった。

しかし、翌二月も予算は未達に終わった。

未達とは言え、約十億円の目標数字に対し、あとわずか四百万円というところまで肉薄していた。

良作は店長たちを集めて力説した。

「みんな、あと一歩のところまで来たんだよ。四百万円といったら、一店舗で六、七万円じゃないか。目標達成まで、もう、すぐそこまで来ているぞ。頑張って結果を出そうじゃないか！」

良作は具体的な金額でみんなを奮い立たせた。自分たちが変わらないと生き残れないことを、サムカワフードプランニングの愛すべき社員たちに伝えるメッセージだった。


ポラリスが投資先の企業で必ず実行しているオペレーションのひとつに「一〇〇日プラン」と呼ぶものがある。

デューデリジェンスの際に、売り手側の持つ中長期計画は、買い手側からかなり厳しい目で見られるのが普通だ。投資後は、そのデューデリジェンスで浮き彫りにされた問題点や改善点を企業側にフィードバックし、もう一度、新たな中長期計画の作成を促したうえで、株主と従業員という立場の壁を越えて、お互いの将来のために企業の方向性を見出していく。

サムカワフードプランニングに対しても、ポラリスはそれを実践した。

「一〇〇日プラン」を通じて事業計画が作られ、全員がその「バイブル」に従い、それぞれの役目を果たしていった。

三月になった。

大手スーパーのジャスコとサティが一部の店舗を除いて「イオン」に統一され、外食産業では、日本マクドナルドが、顧客がスマートフォンを店頭機器にかざすだけで注文から会計まで完了できるサービスを始めた。

世の中は確実に動いている。

サムカワフードプランニングの社員は株主のポラリスとともに、企業理念である「時流を先見した『こだわり』の限りなき追求」を目指した。

三月十一日。

二子玉川のサムカワフードプランニングの本社八階・大会議室では、東京・八重洲のポラリスとの間に敷設されたテレビ会議システムを利用して、「一〇〇日プラン」の検証ミーティングが行われていた。

画面を通じて、二社の話し合いがつつがなく進行していく。

春の到来を感じさせる黄色い陽射しが、ガラス窓を透過し、テーブルを淡く照らしていた。

午後から夕方へと、太陽がまもなく傾き始める時間――

グラッときた。

「あっ」と、誰かが声を上げた。

「地震だっ！」

「大きいぞ」

揺れが続く。

その場にいた全員がとっさに卓上の書類やテーブルを手で押さえ、中腰姿勢になった。目の前のテレビモニターが、いとも簡単に立ち位置を替えた。

五秒、十秒……振れ幅がみるみる大きくなり、まるで船に乗っているかのように床が左右に揺れた。ギシギシと建物のかしぐ音もする。

「かなりだな」

「こりゃ、やばいかも」

幹部社員たちがそれぞれに声を漏らした。同じフロアにある、新商品開発用のキッチンの棚からたくさんの皿が滑り落ち、次々に割れる音が会議室にまで響き渡った。巨大な製氷機が生き物のように上下に動いた。

良作はもちろんのこと、その場の誰もが、生まれて一度も経験したことのない大きな揺れだった。

テレビ画面の中にいた関端が「いったん会議を止めましょう」と言って消えた。

二〇〇一年のアメリカ合衆国・同時多発テロのとき、当時、三菱商事の社員としてニューヨークに駐在していた関端は、その惨事を自分の目で見ていた。ワールドトレードセンター内のオフィスにとどまった富士銀行の行員は命を落とした。そのことが頭にあった関端は、危険を感じたらとにかく安全第一を心がけていた。

ポラリスがオフィスを構えていたビルは、築四十年以上だったので、そのまま倒壊しそうな勢いで激しく揺れた。ひび割れた壁の隙間から、得体の知れないピンク色の液体がにじみ出た。

二子玉川の会議室では、ミーティングに参加していた野村総研のコンサルタントふたりがテーブルの下に潜り込んでいる。

余震が続き、荒波に揉まれる船上のように床が動く。さらに大きな揺れに襲われるのではと思い、誰もが顔色を失くしている。

「死ぬときは一緒だぞ！」

良作が叫んだ。

騒々しく震えていたガラス窓が、やがて、ピタリと動きと音を止めた。

良作たち全員は、ビルの階段を使って建物の外に出た。

時計の針は三時を回ったところだった。大通りは向かい側の髙島屋から出てきた大勢の人々などで、すでにあふれていた。

最後までオフィスに残っていた野崎がようやく出てきて、「今日はもう帰れないかもしれませんね」とつぶやいた。

「そうだな」

体のひときわ大きな佐藤が小声で応え、「店、大丈夫かな……」と続けた。

交通機関がストップすれば、たくさんの人が行き場を失うことになる。その場合、〈磯丸水産〉のような路面店には、多くの通行人が押しかけてくる。飲食よりも、当座の避難場所を求めるために。

揺れの収まりを見て、全員がいったん八階に戻ったが、当然、会議は中止となり、佐藤が、本社からいちばん近い〈磯丸水産〉二子玉川店に向かった。

想像どおり、店の中は老若男女がひしめき、佐藤は着替えもせず、スーツ姿のまま接客のヘルプに入った。

時間を追うごとに地震被害の深刻さがメディアを通じて露わになり、その正体が明らかになっていった。

十四時四十六分十八秒、太平洋・三陸沖の海底を震源にした巨大地震だった。マグニチュード九・〇。一九二三年の関東地震や一九三三年の三陸地震を上回る日本観測史上最大、世界でも二〇〇四年のスマトラ島沖地震以来の大規模なものだった。

東京の震度は五強。「補強されていないブロック塀が崩れ、物につかまらないと歩くことが難しい」と定義される強さである。

渋谷駅から二子玉川駅を結ぶ東急田園都市線は、地震発生と同時に運行を止めた（運転再開は同日二十二時三十八分）。東急電鉄に限らず、東京の山手線はじめ、首都圏の鉄道はおしなべて地震発生後すぐに動かなくなった。そのため、「帰宅難民」と呼ばれた人々が歩道を埋め、道路は車の渋滞で麻痺状態となった。

そして、悲劇は震源地近くの東北・関東の太平洋側で起こった。海面が押し上げられ、高さ十メートル以上、最大で四十メートルの高さに姿を変えた波が沿岸都市を襲った。まるでエンドレステープのように、その映像がテレビで繰り返し流れていく。

日本国民の全てが言葉を失ったまま、報道画面に釘付けになった。

翌十二日になっても悲劇は続いた。それは、東北地方にとどまらず、日本全土を震撼させる出来事だった。

十五時三十六分、福島第一原発の一号機が、津波による電源喪失で冷却不能となり、原子炉の炉心が融解し、水素爆発を起こしたのだ。

地震・津波・原発事故……天災は、「東日本大震災」という名称で、国民の生活どころか、日本の政治経済を揺るがす大惨事となった。

これはただ事ではない、と良作は思った。

店舗に関しては、関東地方を中心に営業しているサムカワフードプランニングとしては「売上げに響く」という言葉では甘過ぎるくらいのインパクトが出るに違いない。

確実に客足が遠のく……となれば、とにもかくにも緊急体制を取って、まずは「出て行く金」を抑えることを考えなければならない。

これから、いったいどうなってしまうのか——時々刻々と変化し、報道されるニュースとともに、良作のみならず誰もが不安を抱えながら週明けを迎えた。

三月十四日・月曜日。

良作は、地震発生翌日の土曜日と翌々日・日曜日の各店舗の売上げ集計を見て、多少なりとも胸をなでおろすことができた。

心配していたほど売上げが落ちていない——と言うより、いつもの週末とほとんど変わらない数字だったのだ。

ところが、翌日の火曜日に事態が一変した。胸をなでおろしたはずの十四日の全店舗の売上げが、合計して五十万円にも満たなかったのである。それは、前年比のパーセンテージにするのも虚しい、無に等しいものだった。

このまま行けば、遅かれ早かれ資金がショートする。

しかし、徹底的な、全社一丸となっての聖域なきコストダウンを行うべしという指示はすでに出してある。ここであたふたしても始まらない。

良作は気持ちのスイッチを切り替えたように言った。

「ここにいて、僕らがどうこう言っていてもしかたない。ちょっと外に出て、街の様子を見に行きましょう」

良作は、佐藤や関端、浅井、それとふたりの秘書を伴い会社を出た。

目指したのは渋谷だった。渋谷になら東急田園都市線の一本で出ることができるし、日本有数の歓楽街であり、商業施設やオフィスビルもある。そこを見ておけば、他の地域のことはおおよそ推測できる。モニタリングするには最適の地だと考えたのである。

節電のためか、街は全体的に暗かったが、人通りはそれほど少なくはなかった。この状況で、いったいどれくらいの人が自分たちの店に来てくれているのだろう。

そんな思いを胸に、良作たち一行は〈鳥良〉渋谷道玄坂店を訪れた。

見慣れた店内をひととおり確認してから、寒川良作は店員たちを集めて話し始めた。

「いいかい、みんな。今日みたいな日に来てくださるお客様というのは、何か事情がある人だ。普通だったら、震災直後のこんな時期はまっすぐ家に帰るだろ。きっと、そうしたくてもできない人たちなんだ。そういうお客様に、今日この場で最高のサービスをしてあげたら、その人たちはどう感じると思う？　嬉しいよな。そういう気持ちは後々までずっと心に残るものだ。あの震災の直後に〈鳥良〉は素晴らしいサービスをしてくれたって、ね。だから、心を込めて、しっかりおもてなししよう」

熱のこもった口調で語りかける良作の姿を見て、浅井は胸がジンと熱くなるのを感じた。

浅井は、内心、この震災で投資が失敗に終わる可能性もあると危惧していたが、ひたむきな経営者の背中を見ているうち、よしんばそうなっても、「しょうがない、悔いはない」とあきらめ切れる気がした。

良作が「社長の役割」として、常々言っていることがあった。

「良いときには引き締めて、悪いときには鼓舞する」

震災後に見せたリーダーシップは、まさにその一言に尽きるものだった。

前日十四日の会議のときは、沈みがちな空気を吹き払うように、場違いなほど明るい声で「おはようさーん」と部屋に入り、「頑張っていこう」と、ひとりひとりと握手していった。そんな良作の姿をも、浅井は見ていた。

それが計算されたポーズであったとしても、そう簡単にできることではない。

震災を経て、木村雄治が本社を最初に訪れたのは、その週の木曜日。三月十七日のことだった。

「取締役会の前に話がある」と木村が言い、少しの時間が設けられた。メンバーと監査役を前にした木村からは、いつもの自信に満ちた、人を威圧する雰囲気が消えていた。

サムカワフードプランニング以外にポラリスが投資している企業も、地震や津波の影響で軒並み大変な状況に陥っている報告が寄せられ、心底、木村は暗澹たる思いでいたのである。

「ご存知のとおり、未曾有の災害によって、いまこの国は大変な状況にあります」

そんな畏まった言葉から始まり、「いまこそ全員の力を結集し、一枚岩でこの危機を乗り越えよう」と続け、最後に、「皆さんも大変だと思いますが、頑張ってください」と締めくくった。そして、深々と頭を下げた。

その「頑張ってください」という一言に、サムカワフードプランニングの者たちは心の中で「えっ」と驚き、耳を疑った。温かい言葉だった。おそらく、木村が言葉に変えた初めての激励だった。

三月十一日以降の売上げは全店平均で四割以上もダウンしていた。今日はどんな厳しい叱責が飛んでくるのかと恐れていただけに、信じられない思いがした。

良作も同じだ。木村の「頑張ってください」が、室内全員のマインドを変えたことを即座に感じ取った。毎週繰り返される木村の追及に幹部社員が耐え切れず、誰かがいずれ辞めてしまうのではないかと懸念していたので、「これで助かった」と思った。

と同時に、これまでの会議で見せていた木村の所作や言動は、実はサムカワフードプランニングの社員を「ファンド憎し」で結束させるための演出だったのではないかとも考えたが、いずれにせよ、いまこのときから、ポラリスとの本当の協働が始まったと胸に刻んだ。


良作は、今回の震災に際して、店長会議などを通して全社員にこんなメッセージを送った。


過去に例のないことが、いま現状で起こっている。

世の中が一変して、この先どうなっていくかは予測できない。

放射能がこのまま海に流れ出せば、もう、魚は食べられなくなるかもしれない。それはすなわち、〈磯丸水産〉はじめ、魚介類を提供している店が全滅するということにほかならない。もっと言えば、外食産業はダメになるかもしれない。しかし、これまでの歴史にならなかったということは、まだ、どうなるかわからないということでもある。

だから、とにかく、諦めずに前を見て、明るく元気にやっていこう。みんなで助け合っていこう。一歩前に足を踏み出して、何か問題がありそうなら、その場で解決していこう。お客様が来ないなら、来ないと嘆くのではなく、足を運んでくださるよう、それなりの対応とコストコントロールを徹底して、いまこの瞬間からこの難局に立ち向かい、打開していこう。

売上げ減が続いていった場合、資金がいつショートするかの予測を、良作たちは立ててみた。

月単位での見通しが主だったものを、一日単位でシミュレーションしたところ、どう頑張っても、今年の六月には行き詰まるという結論が出た。

そんな最悪のストーリーを想定して、業者への支払いサイトや、賃料支払い期日の延期を願い出るなど、ありとあらゆる手を尽くして、企業の血液である運転資金の獲得に尽力した。

耐え忍び、何とか生き延びていけば、やがては事態も好転するだろう。そう信じ、決死の覚悟で資金繰り対策とコストダウンを進めていった。

結果、十一日の震災以降の累積赤字を五千万円と予測していたものが、三月二十八日の段階でプラスマイナスゼロのイーブンポイントまで行き、そこから月末日までのわずか三日間で、四千万円プラスの黒字に転化したのだった。乾いた雑巾を絞るという表現があるが、まさにそんな言葉が当てはまるほどの全社一丸の徹底的なコストコントロールと誠心誠意を込めた接客サービスが実を結んだのである。

売上げこそは目標数字には届かなかったものの、続く、四月・五月は過去最高益を叩き出した。驚くべきことだった。ライバルの飲食チェーンが軒並み前年比割れの中、〈鳥良〉〈磯丸水産〉のサムカワフードプランニングは奇跡的な業績を残していた。

そして、震災から二ヵ月半が経とうとしていた日の店長会議で、良作は危機的状況を乗り切った社員たちを褒め称え、叱咤激励した。

「昨年の十二月は成績が非常に悪く、一月、二月も悪かった。このまま行けばガイドラインを割るということで、そのリカバリープランを三月十日の中計必達会議で発表した。その、まさに翌日に今回の東日本大震災が発生したわけだ。

最初の一週間、売上げは六〇パーセント減という、かつて経験したことのない落ち込みを見せた。もう、正直どうすればいいかわからなくなったが、とにかく必死でその方法を探った。みんなも知っているかもしれないが、各業者の契約書をあらためて見て、一時的に契約を中断したり、百坪くらいの店舗でも社員だけで回すことをした。

そうして、緊急のコストダウンを震災の翌日から始め、売上げの予測をしていった。このまま行けば一億三千七百万の赤字が出る……しかも、福島第一原発事故による放射能漏れという前代未聞の事態がどうなっていくかもわからない。

みんなも覚えているよな？

そのままの状況が続いていけば、資金は四、五ヵ月後にショートするという計算だった。そんな事態に、本当にみんながひとつにまとまってスクラムを組み、乗り越えようと努力した。その結果が、赤字どころか、四千百万の黒字をもたらしたんだ。

こんなことは普通だったらありえない。社員ひとりひとりが歯を食いしばって頑張った結果が、この四千百万だ。三月に利益を叩き出した会社なんて、世の中にそうそうないだろう。外食産業は特にそうだ。居酒屋の多くは、赤字か非常に厳しい数字で終わっているはずなのだ。震災は悲劇ではあったが、君たちはコストダウンというところでものすごく大きなことを学び、実際にやり遂げてくれた。本当によくやった！　きゅうり一本、トマト一個、大葉一枚を大切に使ってくれ、売上げ予測が非常に難しい中、ロスが出ないようにしっかりして発注してくれたよな。そういったひとつひとつの積み重ねが今回の奇跡を呼んだんだ。君たちは本当に素晴らしい！

なぜ、こういうことを成し遂げることができたのか？　それは店舗内での風通しがよく、社員同士のコミュニケーションがよく取れていたからにほかならない。

我々のスポンサーのポラリスもさすがに驚いていた。『なんていう会社だ』と思ったに違いない。よくやった！　繰り返すが、本当に君たちは素晴らしい。

そして、四月だ。四月もまたすごかった。実行計画目標は九億五千三百万円のところ、実績は九億八千八百万。六千六百万だった利益予想は一億二千六百万円という目覚ましい成果を上げたのだ。

でも、まだ予断は許されないぞ。

今後もさまざまなリスクが想定されるだろう。放射能漏れ、余震、電力不足や雇用不安、増税……それらのリスクはみんなが同じ環境にあるんだ。そう、これは日本全体に等しく降りかかるリスクだ。そこで勝ち残るかは、自分自身、自分次第なのだ。

自分で最初から負ける言い訳を作ってしまったらそこで終わり。そこから知恵やアイデアは出てこない。『しょうがない』と思ってしまったら、知恵やアイデアは出てこないんだよ。

誰もが同じ土俵に乗っている。金融機関も不動産もホテルも製造業も全部一緒だ。その中で勝ち残っていかなければいけない。この中で潰れる会社はたくさんあるだろう。確かにいま、日本の消費マインドが冷え込んでいるよな。それは間違いない。でも、そこから逃げてはダメだ。大切なのは、自分の責任として考えること。そういう気持ちでこれからＩＰＯまでの四年間、前へ前へと進んでほしい。言い訳を作ったときに成長は止まる」

良作の力説はよどみなく続く。会議出席の全員が咳払いひとつせずに、耳を傾けている。

「どうして自分が売上げだ、利益だと数字にこだわるかわかるか？　そうだよ。それは、その先に君たちの幸せが待っているからだ。前にも言ったが、赤字の会社というのは社員を幸せにすることはできない。会社が継続的に発展して利益をしっかり残すからこそ社員を幸せにすることができるのだ。赤字の会社はすべて仕事が後ろ向きになる。後ろ向きでやる仕事ほど辛いことはない。モチベーションが下がるだけだ。そして、社員の幸せなくしてお客様の幸せもないし、お客様の幸せなくして会社の利益はない。それが真理だ。

ＩＰＯするぞ！　震災直後の時期にこんな話ができる会社はない。上場を目指せる会社にいるということは、ものすごく幸せなことなんだ。こんな話ができるのは、ものすごいことであり、そのすごさの元になっているのが君たちだ。そして、我々を支えてくれているポラリスが受け皿になっているからこそＩＰＯができるのだ」

ひと呼吸置いて、良作は、ＩＰＯが会社の知名度と信用力をアップさせることのメリットを説いた。例えば、従業員の誰かが家を買うときに勤務先を聞かれたとする。社員は胸を張って「サムカワフードプランニング」と答えるだろう。個人経営の店なら、なかなか住宅ローンは組めない……そんなことを話して聞かせた。

上場し、資金を得れば、新規事業も拡がり、引いては、社員の出番が増えることにも言及した。

「だから、ＩＰＯを目指そう！　一生懸命とことん考えて知恵を出して頑張るんだ。苦難やプレッシャーは自分を成長させる最大のチャンスだ。登る山は高ければ高いほど苦しいけど、それを自分が成長する最大のチャンスだと思ってこの四年間を戦っていこう。加えて言うが、知ってのとおり、俺はもうサムカワフードプランニングの株をまったく持っていない。この会社がＩＰＯしても一銭も懐には入ってこない。だからこそ、俺は、一点の曇りもなく、『このＩＰＯは君たち社員のためなんだ』と、胸を張って言えるんだ。

ＩＰＯすることによって得られる金銭的なメリットは俺には何もない。普通は創業者利益というものがあるけど、そんなのは何もないよ。

もう一度言う。俺は、この四年間、社員の幸福のためだけに頑張っていく。だから、君たちも真剣に頑張ってほしい。人生は一回きりだ。悔いのない人生を送るためにもこれからの四年間が頑張りどきなんだ」

明るい兆しが見えてきたこともあり、震災の影響で一時は立ち消えになっていた「新業態開発」の話が再び持ち上がってきた。

一月と二月の不振を受けて、サムカワフードプランニングのさらなる成長を望むのであれば、〈鳥良〉と〈磯丸水産〉というふたつのブランドの他に、第三の柱となる業態、つまり「金のなる木」が必要なのではないかという意見が出ていたのだ。

震災から四ヵ月が経ち、世間で節電が声高に叫ばれていた七月半ば、社内会議の終わり間際に、佐藤が切り出した。

「そう言えば、新しい業態はどうしますか？　そろそろ動いたほうがいいですよね」

「そうだな」

中央に座る良作が、組んでいた腕を解き、顎を右手で擦った。

「業種は……何がいいと思う？」

ラーメン・おでん・イタリアン・中華……あらゆる候補が挙がった中で、全員一致で決まったのが「寿司」だった。

「寿司屋」と言っても、一皿一百円の回転寿司から、ひとり何万円もする高級寿司店までいろいろある。ターゲットの客層や予算によって、店のタイプも異なる。お客様に何をどう提供するか、その方法までを考えたうえで、初めて「業態」が決まる。

そして、新たな業態を作るときは、どんな産業でもそうであるようにベンチマークを設定する。

〈鳥良〉〈磯丸水産〉のブランドイメージから言えば、回転寿司ではなく、銀座にあるような高級寿司店でもない。多店舗展開を前提とした、敷地面積が広めの大型店だろう。となれば、当然、ライバルとなる同業態の店の名前がベンチマークとして挙がってくる。

戦いに勝つには、まず、敵を知ることである。

「知る」ということは、そのライバル店の全ての味やサービスをリサーチすることから始めなければならない。

新業態開発の長を命じられた佐藤に、誰かが言った。

「佐藤さん、これでまた五キロは太るんじゃないですか！」

新業態を開発する話が笑いのうちにまとまった。

ポラリスの木村社長も喜ぶだろうと、誰もが思った。「頑張ってください」と頭を下げてくれた姿がみんなの脳裏に甦った。

そうして、サムカワフードプランニングの社内は明るさを徐々に取り戻していき、それと呼吸を合わせるように、毎週木曜日の木村の「ゴリゴリ」も復活した。

木村雄治という人物と巡り会い、この一年あまり接してみて、良作は気づいたことがあった。

そのひとつが「数字」に対する考え方の違いである。

一般的に、飲食業という商売は他の産業に比べて需要の予測が立てにくい。

気温に加え、突発的な天候の変化や交通事情……その他、さまざまな不確定な要素があり、日によって売上げにばらつきが出ることは、ある程度は仕方ないことである。

ところが、それにポラリスは「ＮＯ」を突きつけ、「ＫＰＩ（重要業績評価指標）」を前面に押し出してきた。簡単に言えば、現在のビジネスの状態を把握し、今後の対応策によって、それがどう変化するかを予測するために使われる指標である。

例えば、ある人が減量を決意したとする。目標は一ヵ月でマイナス三キロ。これを達成するには、食事制限や運動・入浴・ダイエットピルの服用といった方法が考えられる。一日平均百グラムずつ体重を減らすとして、それらの手段のひとつひとつの効果を細かく検証しながら、より効率的なダイエット法を見つけ出し、実践していく――そのツールとなるのがＫＰＩである。

飲食業で言えば、Ａ店で一ヵ月当たりの利益を百万円アップさせる目標を立てたとする。

売上げを増やすためには、「ランチを始める」「有料のお土産を用意する」「チラシやクーポン券を配る」「女子会・同窓会パックを企画する」といった具体的な方策が出るだろう。コストを下げるための方法も当然考えられる。

そうした案を実施し、それがどう数字に反映されているかを週単位で集計し、効果を測定しながら、実効性のあるものは続け、ないものに対しては別の手立てを考えていくのである。

毎月の経営会議で、目標を達成できたかできなかったか、できないなら、なぜできないのか、今後はどうするつもりか——当然、サムカワフードプランニングでもM&A以前から行われていた議論であったが、木村は目標、つまり、数字の達成を徹底的に追求していったのである。

予算未達が予想されるなら、そうならないように打ち返さなければならない。Aの手法をやってダメならB、BがダメならЕ今度はCというように、徹底的に知恵を絞り、あらゆる手段を講じて売上げを取っていくのだ。それが、木村の言わんとすること、やろうとしていることだった。ともすれば、現場を知らない素人の「机上の空論」で片付けられてしまうものを、極めて理論的に、戦略的に、実現のための方法を探っていたのである。

データや数字の裏付けとともに難しい経営用語を使ってはいるが、要するに、「考え尽くせば、為せば成る」なのだ。

そう、順路が違うだけで、実は良作と木村はまったく同じ山頂を目指していた。物事を動かすために客観的な論拠を用いて理詰めでアプローチするか、パートナーの気持ちに寄り添いながら情に訴えるかの違いだった。

さしずめ、プロ野球で言えば、木村がＩＤ概念を野球に持ち込んだ理論派の野村克也元監督だとすると、良作は人間性とカリスマ性でチームを率いた長嶋茂雄元監督である。

木村は、その良作との相違について、「科学」と「アート」の違いと表現した。

飲食業は、「美味しい」とか「楽しい」といった人間の情動に訴求する「アート」である。一方、金融業は「楽しさ」や「喜び」を人には与えず、人が金融業に求めるのは「正確性」や「信用性」である。

しかし、飲食業でも、会社の規模が大きくなればなるほど、科学的な経営が必要になる。東日本大震災という不測の事態を経験したことによって、良作はじめ、サムカワフードプランニングの幹部社員たちは、科学とアートを両立させた経営手法を学んだとも言えるだろう。

また、良作は事あるごとに「ポラリスが受け皿となって支えてくれている。結果を出し続けて、ＩＰＯを実現し、みんなで幸せになろう」と発言し続けた。

一月と二月に予算未達という惨めな思いをして、三月に震災で叩きのめされ、数字の本当の怖さと大切さが自分と社員の腹の底に届いたのではないか、と良作は顧みた。

経営者の中には、しばしばこんな言葉を口にする者もいる。

「そんなに儲ける必要はない。利益は少なくても、地域の人や社会に貢献できる企業を作ることが大切だ」

これは、多くの日本人が好きそうな、耳に心地よい言葉ではある。

しかし、ポラリスはそういった姿勢を認めず、徹底したリアリズムを追求し、サムカワフードプランニングにもそれを要求した。

利益は少なくても、地域の人や社会に貢献できる企業――もちろん、良作もそんな甘い考えでは生き残れないことを骨身に染みてわかっていた。

会社という組織は利益(数字)を出さないと意味がない。利益を出してから、初めて社会貢献ができるのだ。また、少しの利益で良いのではなく、一度こうと決めた目標、つまり、自分たちが決めた約束は必ず守り、利益を確保していかねばならない。社員や社会に貢献できるのは、その利益を確保してこそ、なのだ。

オーナー企業であることによる、自らの「甘え」や「うぬぼれ」に気づいたと同時に、目に見える新たな株主の存在により、「約束を守る」ことをより重視し、結果(売上げと利益）を出し続けていくことで、株主からの信頼関係が芽生え、任せてもらえるようになることを再認した。数字の結果を出すことで、みんなが幸せになれるのだ。

サムカワフードプランニングの二〇一一年度は、第一Ｑ・第二Ｑが不振だったものの、予算を立て直し、徹底したコストダウンを進めて、四月以降の第三Ｑと第四Ｑは過去最高益を更新した。そして、最終的に年度予算を達成した。

震災の影響もあり、売上げ数字こそ落としたものの、予算以上の利益を生み出すことができたのだ。

また、当初の予算を組み直した、震災を踏まえた実行計画を立てる際には、経営陣のモチベーションアップを図るという目的で、ポラリスから業績連動賞与がオプションとして提案された。これは、予算を達成できたときは、それを超えた額の五〇パーセントを役職者に還元するというものだった。

実は、その業績連動賞与はＭ＆Ａの契約書の中に盛り込まれていたのだが、良作はあえてそれを口にしなかった。みんなに伝えないほうがサプライズとして効果的だし、社員とポラリスが信頼関係を築くための良いきっかけになるだろうと考えたからである。

「利益計画を達成することができたら、ポラリスから業績連動型賞与という名目でボーナスが支給されることになった。これをひとつの目標として、みんなで取りに行こう」

店長会議で、良作は高らかにそう宣言した。

そして、その結果、三千七百万円が役職者に還元された。ポラリスは、取り分を社長が二割、残りの八割が幹部社員と提案してきたが、良作はそれを辞退して、全額を経営幹部と全社員で分けるかたちにした。


ある日、良作は業績良化の資料に目線を落としながら、ふと振り返れば、自分や古参の幹部社員を支え続けたのが、取締役の光行康明であったと回想した。

光行と初めて会った、去年暮れの十二月三十日を思い出す。

八重洲ブックセンターの並び、みずほ証券が入居するビルの七階にあるポラリスの本社で、木村が引き合わせてくれた。木村よりもひと回り年上であるという話を聞いていただけで、特に履歴書といったものを渡されたわけではなかったが、会った瞬間に「この人だ」と思った。

「一緒に企業価値を高めていってください」

「私でよろしければ、お手伝いさせてください」

出会ってすぐに、ふたりは固い握手を交わした。

その後、光行が二子玉川のサムカワフードプランニングに初出社したのが一月十七日だ。

「おはようございます。今日からよろしくお願いします」

光行に右手を差し出しながら良作は元気よく言った。

そして、「蓑田さんから、お話は伺っています」と続けた。

「蓑田」は世界最大のプライベート・エクイティ・ファンド運営会社の日本法人〈KKRジャパン〉の社長で、良作は知人からの紹介で知り合い、家族ぐるみの付き合いをしていた。光行が興銀出身であると聞いて、「もしかして」と思い、蓑田に電話をかけたところ、興銀時代の同期であることがわかった。その蓑田の話がきっかけで、互いに共通の知人がいることも知り、良作は光行に対してことさらに親近感を覚えた。

十七日は、十三時半から二回目の店長会議が開かれ、もちろんそこに光行も出席して、就任の挨拶を行った。

会議を終えてオフィスに戻ると、良作が光行に訊ねた。

「どうでしたか、今日の会議は？」

「僕は、失礼ながら、居酒屋の店長さんが集まるというので、皆さんが私服でいらっしゃるのかと思っていたら、全員ビシッとスーツを着ていらしたので、まず、そのことに驚かされました」

「そうですよね。最近は同じスタイルの会社もあるようですが、昔はかなり珍しがられました……」

「昔とおっしゃいますと？」

「まだ創業して間もない頃です。店長が三人くらいしかいない頃から会議はスーツと決めていました。そこにいる佐藤もそのうちのひとりです……なあ、佐藤」

突然に名前を呼ばれ、「ええ、そうです」と答えながらも、佐藤は光行に対して警戒心を隠せなかった。ポラリスから送り込まれてきた人物だというイメージが先行していたのである。

取締役六人のうち、サムカワフードプランニングは、社長の良作、取締役の佐藤と光行の三人。対するポラリスは、木村・密田・関瑞の三人だ。もし、会社に何か「事」が起きて、取締役会で議決を採るとなったとき、光行がポラリスの側についたら自分たちは負ける。佐藤はそう思った。

懸念はそれだけではない。経験上、外部からある程度のポストで入ってきた人物は、すぐにいろいろなことに手や口を出したがる。こちらの状況を把握しきれていない人間、それも取締役の肩書を持ってあれこれ指図されるのには抵抗があった。

しかし、光行には、そうした押しつけがましさや厚かましさは一切なかった。「気遣いの人」だった。

何か話があるときは、周囲に気を配りながら、ここぞというタイミングで「ちょっといいですか」と、自然に入ってくる。元行員ならではの、難解な経営用語は使わず、ソフトな語り口で誰にでも理解しやすいよう話すため、あっという間にサムカワフードプランニングの和に打ち解けた。当初、総務部長の坂本も光行に近寄りがたさを感じていたが、それは同じ管理部門の長として、少し大げさな言い方をすれば「雲の上の存在」と見ていたためだった。

震災時の光行の行動も社員たちの信望を大いに得た。本来なら、部下に指示すればいい立場なのに、自ら腕まくりし、資金繰りから支払いの調整まで、社員と一緒に汗をかきながら未曽有の危機に挑んでいったのである。


着任して数日後、良作はオフィス奥の応接室に光行を招いた。

一昨年の暮れは、ここで、兄の隆と膝を突き合わせた。

あのとき、隆が腰を下ろしていた場所に、今度は光行が座っている。

秘書の用意したお茶を光行に勧めながら、良作が切り出した。

「どうですか、光行さん、うちの会社にも少しは慣れましたか?」

「皆さん、情のある、優しい方ばかりなので、何も言うことはありません」

「この前の会議にはびっくりされませんでしたか？」

「と、おっしゃいますと？」

「木村さんです。あの調子でガンガン来るので、うちの連中は少々面食らっていまして……」

「まあ、木村さんは株主ですからね、あんな感じでも仕方ないのかなというのが正直な感想です」

「なるほど」

「これはいろんなところでよく取り沙汰される話ですが、要は『会社は誰のものか』っていうことです。昔からいる方は、自分たちが頑張って築き上げてきたのだから、俺たちの会社だっていう意識がある。ところが、実際、会社というのは株主のものなんですね。会社法でもそう定義されています。ですから、木村さんとしては、この会社は一〇〇パーセント自分のものだという意識があるのは当然のことと思いますが……」

「そうですよね、僕もそれはみんなに伝えてはいるんですが……。この会社は、もう寒川家のものじゃないんだって」

「社長は板ばさみになって、さぞかしお辛い立場だと思います」

良作が光行の目を見つめた。

「光行さん……木村さんからもお聞きだと思いますが、今度のM＆Aで僕がポラリスを譲渡先として選んだのは、将来のＩＰＯを見越してのことなんです」

「ええ、そのように伺っております」

「結論から言うと、僕はこの会社をＩＰＯさせることが自分の最後の仕事だという覚悟でやっています。社員たちの手にこの会社を渡したいのです。ですから、光行さん……光行さんも、ここを最後の会社と思って、僕と一緒にやってくださいませんか」

良作の燃え盛るような瞳を、今度は、光行がまっすぐ見つめてうなずいた。

「私もそのつもりです。それが、私の会社員として最後の仕事だと思っています」

「よろしくお願いします」

差し出された良作の右手を柔らかく握り返しながら、光行が小さく笑った。

「こちらこそ、お願いします。最後まで……」


そんな光行が、いままでは欠くことのできないサムカワフードプランニングの一員となり、会議で決まった新業態の開発がいよいよスタートした。

リーダーは、良作から指名を受けた佐藤誠である。

第六章

生綱のとき

会議で決まった新業態の開発がいよいよスタートした。責任者は開発本部長の佐藤誠で、二〇一一年十月より異動した商品開発部の神野はじめ、五人のメンバーが推進した。

ゴーサインを出した寒川良作からは、「ＴＴＭ」というキーワードが発せられた。

他社で流行っていた言葉に「ＴＴＰ」というものがあり、「徹底（Ｔ）」「的に（Ｔ）」「パクる（Ｐ）」という意味の隠語的なものだったが、「パクる」という言葉は響きが良くないし、サムカワフードプランニングはその業態をパクるのではなく、「学ぶ」を良しとした。そうして、「学ぶ」＝「真似る」ということで「徹底的に真似る」という意味の「ＴＴＭ」に転換した。

そう、「学ぶ」という言葉は「真似る」から派生した言葉だと言われるように、まず、先達の真似をすることから始めるものである。そして、オリジナルに追いつき、やがて、追い越す。そのために、「徹底的に真似る」。先行企業のメニューやサービスを隈なくリサーチするのだ。

外食産業は、会社同士の競争の血で染まる「レッドオーシャン市場」である。もはや、その業態に一〇〇パーセントのオリジナルは存在しない。たとえ、オリジナルのようなものを開発したとしても、何かしらのものから着想を得ているのだ。

サムカワフードプランニングの〈磯丸水産〉は、漁港や河岸の一角にいかにもありそうな店の雰囲気が人気を呼んで急成長を遂げた。これは、良作の発案によって佐藤が開発した業態だった。

だから、社長の良作から新たな業態にチャレンジするよう命じられた佐藤は、高く険しい山道を見上げる思いに囚われていた。

ベンチマークの店に行き、試食すれば済む話ではない。

ひとつの店に行ったら、ひととおりの寿司はもちろん、それ以外のすべてのメニューを食べてみる。それも、一回だけではない。さらに、マグロはマグロ、ウニはウニといった具合にそれぞれの食材の仕入先を調べ上げ、卸会社や加工工場などの業者を個別に当たっていく。これを仮想ライバル店となるチェーン店に対して行うのも決して珍しいことではない。

「仕事で美味しいものが食べられるなんて最高だな」と羨ましがる人もいるだろう。しかし、当事者にとっては喜びよりも苦痛に近い過酷な仕事だった。

もちろん、佐藤ひとりではなく、チームで事に当たるわけだが、視察が終われば、次はメニューを考え、売価を設定し、店のオペレーションを創っていく。限られた時間の中でやるべきことは無数にあった。

胃の痛い日々が続く。

そう、新業態の開発は、店の名前も重要な要素だ。子供の誕生と一緒で、熟考に熟考を重ねる。その善し悪しが商売の成否を握っているのである。消費者の耳に馴染みがあり、言葉が頭にすんなり入り、口コミで拡がるような親しみやすいものにしなくてはならない。しかも、「これは良い」といったものは、ほとんど全てがすでに商標として登録されてしまっているのだ。

サムカワフードプランニングでは、三週間ほどかけて、三千名近いアルバイトや社員からネーミングを募集した。上がってきた数百に及ぶものをさらに絞り、有力候補として類似の店名が登録されていないかをつぶさに調べていった。

結果は、ほぼ全滅だった。もはや、あらゆる企業に押さえられている。

しかたなく、商品や店名のネーミングを専門に行っている会社に依頼し、最終的に四つの案を絞り出した。

佐藤が、あらためてそれを良作に見せて、判断を仰いだ。

「お前たちに任せる」

良作は短くそう応えた。

奔走する佐藤たちへの心遣いだ。トップの独断で、「俺がこれに決める！」と言えば、部下たちのモチベーションは下がってしまうだろう。

結果、佐藤は気心の知れたチームとさらに時間をかけて検討し、ついに名前を決めた。

〈ひときわずし〉

「ひときわ旨い寿司」という意味である。これなら商標の問題もなく、使える。音の響きも申し分ない。

良作との絶え間ないコンセンサス調整を経て、ここまでじっくりと、いつも以上に周到に行ってきたのには理由があった。株主であるポラリスの、社長の木村からの追及を恐れていたからである。

彼らポラリスが株主になって初めての業態開発だ。一切の決め事において、「なんとなく……」や「経験値で……」というエクスキューズは許されない。木村は理論やデータ重視だ。当然、「ひときわずし」という名前が商標権上で問題ないかを指摘してくるはずだ。そのために、専門家を雇い、手間と時間とコストをかけたのである。

「これなら木村さんも文句はないだろう。〈ひときわずし〉、いい名前だ……きっと喜んでくれるよ」

ひときわ旨い――木村が大の寿司好きだという話も聞いていたので、誰もが胸を張って確信した。

しかし、それでもまだ安心はできない。

「わかった。名前はそれでいいだろう。でも、店のコンセプトはどうなっているんだ？」

サムカワフードプランニングのメンバーには、木村のそんな質問も聞こえてくる気がした。

寿司屋という新業態のプレゼンテーションを行うに当たり、完璧主義の木村相手に中途半端なことはできない。週毎や月次の数字を報告するのと同じ、いや、それ以上を求められるだろう。

会議に会議を重ね、不備がないよう、万全の態勢を積み上げていく。

店頭で流すテーマソングの作詞・作曲・歌入れまでもプロに依頼し、〈ひときわずし〉のイメージを創り込んだうえで、プレゼンテーションに臨むことにした。

いつの間にか、季節は秋に変わっていた。

東日本大震災の爪痕はいまだ深く、八月の末には東京電力が被災者への賠償支払い基準を発表し、原発事故調設置法とともに「事故調査委員会」が設置された。首相の菅直人が退陣し、九月二日には、同じ民主党の野田内閣が誕生したが、国全体を取り巻く暗雲はいっそう重く立ち込めていた。

そうした世相の中、サムカワフードプランニング本社八階のいつもの大会議室で、株主へのプレゼンテーションが始まった。

出席者は、社長の良作、管理本部長の光行ほか、幹部社員六名、ポラリスは木村と関端の二名が出席した。

各人がスーツをきちんと着こなし、ネクタイもいつもよりどこか誇らしげである。

仰々しさの中に、物々しい緊張感が漂っていた。

サムカワフードプランニングからポラリスに向けてのプレゼンテーションなので、まずは佐藤が檀上に立ち、ＤＶＤの映像を見せながら、店内の雰囲気・メニュー構成・ターゲット層といった全体的な業態説明を行っていく。映像も良くできていて、その口調にも淀みがない。

木村の反応は、まずまずといったところだった。

佐藤が背筋を伸ばして、プレゼン資料をめくっていく。

「店の名前は……〈ひときわずし〉です」

いままで以上に、大きく張りのある声が響いた。サムカワフードプランニングの幹部社員全員が自信に満ちた表情で、木村と関端を交互に見つめた。

木村は顔色を変えずに一点を見据えている。何も言わない。

少しの時間が流れた。

やがて、部屋の空気がすっと冷めていくのを、その場にいた誰もが感じた。

テーブルの下で、木村は両脚を前に投げ出し、ネーミングを説明する佐藤を黙殺するかたちで、手にしたスマートフォンをいじり始めた。それは、不機嫌な思いを示すサインのようにも見えた。

週に一度の経営会議のときに、木村はたまにそんなポーズをした。それでも、話を聞いていないかと言うと、そうではない。実は発言の全てをしっかり聞いていて、続けざまに的確かつ鋭い問いかけを繰り出していくのだった。

パソコンで、〈ひときわずし〉のテーマソングを流す準備をしていた坂本が動作を止めた。不穏な空気だ。木村はスマートフォンから手を離さず、目線もくれない。

それでも、段取りは段取りである。ここでやめるのはかえって不自然である。佐藤の指示で、坂本は再生ボタンを押した。

物音のなかった室内に、祭り囃子に似た陽気な演奏と軽やかな歌が流れ始めた。

それを振り払うように、木村の眉目が怒気を帯びた。

「私は、言わば、この会社の……サムカワフードプランニングの親ですよね？　その親である私が、自分の子供の名前を決めることもさせてもらえないのですか？」

一瞬にして、会議室の空気が凍りついた。

木村の発言が途切れ、サムカワフードプランニングの出席者たちは何が起こったのかわからない様子でお互いの顔を見合わせた。

♪ひと〜きわ〜ずし〜♪

場の空気を取り繕うみたいに、スピーカーから調子のいい音が流れる。店名を連呼する若い女性の歌声が虚しくこだまする。

「不愉快だ。私は帰らせてもらいます」

手荷物をまとめ、荒々しく扉に向かう木村を追いかけながら、関端が何度も申し訳なさそうに、良作や佐藤ら全員に向かって頭を下げた。

♪ひと〜きわ〜ずし〜♪

木村からすれば、〈鳥良〉〈磯丸水産〉に次ぐ新たな業態開発は、株主交代後の大きなイベントであったに違いない。そのことは誰もがわかっている。

寿司が何よりも好きな木村は、その新業態が「寿司」に決まったことを子供ができた親のように喜び、「これぞ」という名前を自身で密かに考えていた。

ところが、プレゼンテーションに出向いてみたら、すでに店名が決まっていると言う。おまけにテーマソングまで仕上がっていた。

♪ひと～きわ～ずし～♪

何なんだ、これは？　あんまりじゃないか？　青天の霹靂だ。親の自分だけが蚊帳の外に置かれ、勝手に名前までもついている……。木村は棘立った感情を隠さないまま、足早にビルの外に出た。

しかし、サムカワフードプランニングからすれば、木村が「青天の霹靂」と感じる段取りではなかった。プレゼンテーションの前に、坂本からポラリス側に〈ひときわずし〉でいきたいことを伝えてあったのだ。

いったい、どこで、どう報告のボタンが掛け違ったのか……いまとなっては藪の中、覆水盆に返らずである。

ただ、木村がとてつもなく気分を害し、プレゼンテーションが半ばにして終わった事実だけが残った。

しかたなく、幹部社員たちは会議室を出て、それぞれの職場に向かった。

良作も予想外の展開になすすべがなく、デスクのある二階に黙ったまま降りていく。

「社長、ちょっといいですか？」

突然、佐藤に呼び止められた。

振り向くと、頰を紅潮させた佐藤が、恐ろしいほど強い眼差しを向けていた。

ただ事でないことを悟り、良作は佐藤を応接室に誘った。

「初めて頭に来ましたっ！」

「…………」

ソファに掛ける前に、佐藤が声を荒げた。

「俺は、もうやってられません。辞めさせてもらいます！」

目には、うっすら涙が浮かんでいる。

「……なあ、佐藤」

「何なんですか？　木村さんのあの態度……物には言い方ってもんがあるじゃないですかっ！」

「まぁ、俺の話を聞け。俺は、お前がどれだけ苦労してあそこまでやったのかをよく知っている。お前の悔しい気持ちもわかるよ」

口元をぎゅっと結んで、佐藤が良作の正面に座る。

「けどな、ここでお前が辞めても、結局、何も変わらないんだぞ。今回の件は、俺たちが少し突っ走り過ぎたのかもしれない……木村さんは寿司そのものをどうこう言ってるわけじゃないんだから」

「それは、俺だってわかってます。だったら、今日に至るまでに……最初から、木村さんの意見なり、アイデアなりを出してくれればよかったのに。俺が言ってるのは、あの態度のことです。会議で何を言うにしても、まず最初に『よくやってくれたね。ご苦労さま』の一言くらいあってもいいじゃないですか……それもなしに、いきなり否定されたら誰だって頭に来ますよ！」

良作は、佐藤の言うことにも一理あるという思いでゆっくりうなずいてみせた。そうして、相手の感情を冷ますつもりで、ひと呼吸置いてから続けた。

「あの人は、店の名前が……いや、店の名前どうこうより、それを決めた過程が正しくないと言っているだけだ……だから、佐藤、頼む。ここは、俺に免じて我慢してくれ。いまここで、ポラリスと揉めても何のプラスにもならない。店の名前のことはいったん水に流して、もう一度ゼロから木村さんに相談するというかたちで、みんなで動いていかないか？」

「俺たちが頑張ってきているのは、もちろん、自分たちのためでもありますが、株主のポラリスのためでもあるわけですよね……」

少し口調を穏やかにして、佐藤が自分に言い聞かせる感じで言った。

「そうだよ。もちろんだよ。だから、佐藤……今日のところは堪えてくれ。俺たちが目指すのはＩＰＯだろう。木村さんのところがずっと経営していくわけでもないだろうし」

「そうかもしれませんけど……」

良作と佐藤は、その後も、ふたりだけで一時間ほど話し合った。

そして、「近いうちに木村さんと会って話をする。店の名前の件は俺に一任してくれ」と良作が言い、佐藤は抜いた刀を懐に収めた。

名前はさておき、新業態の準備は着実に進んでいった。

店舗開発部の落合の元に然るべき物件が揃い、商品開発部の神野を中心にメニューが考案されていく。

そうして、ポラリスの木村から、新たな店の名前がロゴマークのデザインとともにサムカワフードプランニングに届いたのは、まだ、プレゼンテーションの記憶が生々しい頃だった。木村が自分自身で考えたという。

〈きづなすし〉
「きづな」は「絆」を意味すると同時に、幸せの黄色い綱でもある、という意味だった。

確かに良い名前ではあったが、間違いなく商標登録されているだろう——そう思い、坂本が早速に調べてみたところ、やはり商標登録済みだった。

しかし、木村が直々に出してきた案なので、無下に断るわけにはいかない。「商標登録されていたのでダメでした」——そんな回答は、ポラリスとの関係をますます悪化させるだけである。何か方法はないものかと弁理士に相談し、何とかうまい解決策が見つかり、〈きづなすし〉を使えるようになった。

木村が考えたロゴマークのデザインは、「絆」という文字の周りを、綱の両端にあるふたつの手が握手して取り囲むというものだった。実は、そのふたつの手は、ポラリスとサムカワフードプランニングという意味でもあった。

ゴリ押しとも言える木村のネーミングだが、結果的には非常にいい名前だとサムカワフードプランニングの誰もが思った。

折しも、東日本大震災で、人と人とのつながりの大切さが謳われ、それを表す「絆」という言葉が世相を表す「今年の漢字」に選ばれて、ニュースや新聞で報道されていた。

立地も決まった。

場所は、東京・新宿の歌舞伎町。日本一の繁華街だ。奇しくも、東日本大震災の前日に解体工事の始まった「新宿コマ劇場」の真向かいだった。

十二月一日。サムカワフードプランニングは、「歌舞伎町に新宿最大級の『きづなすし』オープン」という見出しのプレスリリースを発表した。

延べ床面積百坪強。眠らない街での二十四時間営業。

その名は、〈きづなすし〉である。

開店はクリスマス・イブの十二月二十四日だった。

集客のサービスにも抜かりはない。オープン記念として、十六〜十九時の時間限定で「何杯飲んでも十円」の生ビールを提供することにし、寿司の王様である「中トロ・二貫の無料券」を限定三万枚で配ることにした。

一貫九十九円(税抜)から、お好みのネタをタブレットでも注文でき、一品料理は約四十種、ドリンクは約五十種を揃えた。

プレ・オープンの前日と前々日はマスコミ関係者も多く駆け付け、「食レポ」がウェブサイトなどでアップされていった。

そして、オープン当日の二十四日。まるで、あらかじめ決められていた出来事のように、老若男女を問わない長蛇の列が店を取り巻き、ワイドショーなどのテレビカメラも取材に入った。

東日本大震災で再確認された「絆」が、寿司店の名前を借りて、また人々の口にのぼるようになった。

〈きづなすし〉は、次第に元気を取り戻しつつある日本一の歓楽街で産声を上げ、その両親である、木村たちポラリスと、良作率いるサムカワフードプランニングの社員たちに笑顔の花を咲かせた。


時計の針は少し戻るが、その〈きづなすし〉がオープンするおよそ三ヵ月前の二〇一一年十月一日、サムカワフードプランニング株式会社は、ＳＦＰダイニング株式会社に商号変更した。

年が明け、干支が卯から辰に変わり、日本中が東日本大震災の傷を背負いながらも、新しい一年への希望を胸に抱いた。

事故当時の福島原発の様子が、あらゆる映像や関係者の証言、行政が取りまとめた報告などで明らかになってはいたものの、貯蔵タンクから汚染水が相次いで漏れ出すなど、震災後の痛ましいニュースが国民の神経を逆撫でした。

震災からちょうど一年後の三月十一日には、テレビが多様なスペシャル番組を放送し、被災者たちを励まし、命を落とした人々を追悼した。そして、春に向かうにつれ、七月に開催されるロンドンオリンピック関連のニュースが週刊誌の中吊り広告を賑わすようになった。

ＳＦＰダイニングのウェブサイトにある「メディア掲載情報」欄には、従来の〈鳥良〉や〈磯丸水産〉に並び、〈きづなすし〉の文字が多く露出された。「寿司・約八十種、一品料理・約二十種の合計約百種が食べ放題」のサービスを始めるなど、ポラリスとＳＦＰダイニングによる新業態はすっかり軌道に乗っていた。

そうして、新緑の眩しい五月、良作率いるＳＦＰダイニングは、上場へ向けての動きを本格化した。

その第一歩が資本政策だ。「資本政策」とは、会社運営に必要な資金調達を行うための財務戦略のひとつである。

特に株式公開前に行われる資本政策は、会社支配権に関わる最も重要な手順のひとつと言える。具体的には、「どこの会社にどれだけの株式を譲渡するか」、その結果として「会社の支配権はどうなるのか」といったことを勘案しながら実行していく。

言うなれば、いま、ＳＦＰダイニングは孵化する前の卵である。

株式の譲渡先が、「お金を出して買ったのだから、あとは自分たちがどう料理しようと勝手だろ」という姿勢では困る。卵を大切にし、きちんと孵化させる里親に引き取ってもらいたい。そのための里親探しが資本政策だった。

ポラリスはその第一段階として、まず、自社の保有する株式の三〇パーセントを売却することを良作たちに示唆した。そして、その譲渡先を、ＳＦＰダイニング自らも主体となって探し出し、交渉するように伝えてきた。つまり、「里親探しを自分たち自身でも行え」と言うのである。

これは酷な気もするが、見方を変えれば、選択権を委ねてくれたとも言える。少なくとも、社長の良作はそう思った。資本政策のハンドルを自分たちＳＦＰダイニングが握ったうえで株主を探せるのだ。こんなにありがたい話はない。

ポラリスのような投資ファンドからすれば、エグジットにおいて、最も簡単かつ効率が良いのは、保有している株の一〇〇パーセントをそのまま右から左に移動させることである。「コントロールプレミアム」と言って、支配権を確保できる株式保有比率を持っていれば、相手方に高く売れるからだ。買う側とすれば、他の株主の意向を気にかけずに済むので、なるべく一〇〇パーセント近い株を手に入れたいと考えるのが道理である。

ではなぜ、今回の資本政策の時点で「三〇パーセント」の意思に至ったのか。それは、エグジットの先に「上場」という大きな目標があったからに違いない。

上場とは、分割した会社の権利(株式)を市場に出してバラ売りすることである。株式を一〇〇パーセント持つファンドは、マーケットに出して売れ残りが出た場合のリスクを嫌い、上場するまでにある程度は身軽になっておきたいと考える。だから、まずは、「三〇パーセント」の第一次資本政策が、上場実現に向けてクリアすべきハードルだったのである。

この三〇パーセントの株主探しには、ＳＦＰダイニングからは取締役の光行と佐藤、それに、店舗開発部長の落合の三名が当たった。

相応の付き合いがあり、お互いに気心が知れている取引き業者に声をかけていく――それを基本方針に、資本政策を進めていくことにした。

彼らが選んだ業者の一社に、酒類卸の〈ジャックル浦島屋〉があった。大正十二年創業の同社は、良作が吉祥寺に〈鳥良〉一号店をオープンした当初から取引きを開始し、東日本大震災による危機的状況の際にも、サムカワフードプランニングの苦しい台所事情を察して、支払いサイトの延長要請に快く応じてくれた業者だった。社長の藤江謙次は、株譲渡の話を持ちかけられたその場で「夏のボーナス用の予算を全部つぎ込んででも」と、一発返事で引き受けてくれた。

ひととおりの話を佐藤から伝え聞いた良作は、ありがたさとともに、とてつもない責任の重さを改めて感じた。

万が一、上場できないことになってしまったら、藤江に甚大な損害を被らせることになる……。それを考えただけで身の縮む思いがして、胃がキリキリと痛んだ。

「人の一生は、重い荷物を背負って坂道を上るようなもの」と言われる。社長業はまさにその一言に尽きる。しかも、社長が上る坂道は、上れば上るほど、背負った荷物の重みがどんどん増していく。

道はただの坂道ではない。至るところにゴツゴツした岩や小石が転がっていて、ときとして、落とし穴やぬかるみさえも潜んでいる。進むべき方向を間違えたら、いや、片足を一歩踏み誤るだけで、背負っていた荷物は地面に落ちて砕け散り、二度と元に戻ることはない。背負っている荷物は、もちろんただの物質《モノ》ではない。社長のその両肩には、何百何千という従業員やその家族の生活、会社を信用して投資してくれた人たちの大切なお金がかかっているのだ。

どんなに重大な局面に立たされても、結局、さまざまな最終決断を下すのは、社長の良作自身である。代わりに荷物を担いでくれる者など、どこにもいない。たとえ、悩みに悩み、考えに考え抜いて下した決断であっても、「それでよし」として苦悩から解放されるわけではない。「あの選択で本当に正しかったのか?」と常に省み、失敗したときのことを考えながら、夜の淵で輾転反側《てんてんはんそく》する。そうして、運悪く、その決断が裏目に出たとしても、その結果を誰かのせいにすることもできない。全てがその身にのしかかってくるのである。社長業――これほど孤独で、過酷な職業はないだろう。
鬱蒼と生い茂った木々で、空が見えない状態であっても、その坂を上り続けていれば、いずれは視界が開け、美しい景色や青い空の見える高台に出ることができる。だが、そこで足を止めるわけにもいかない。景色の美しさに目を奪われているうち、思いがけない障害物に足下をすくわれてしまうこともあるからだ。地面をしっかり踏みしめ、毎日毎日、前へ前へと一歩ずつ足を運んでいくのである。
名古屋から東京に出てきて、最初の店を開いたときから、良作が歩んできたのはそんな坂道の連続だった。いつしか、そのつづら折りの坂道に株式公開という道標が立ち、東京証券取引所の鐘を鳴らすそのときまで、まだ延々と続いていくようだった。
良作は、ふとした瞬間に、隆と交わした兄弟の約束を思い出す。
――企業として、組織をつくる
――お互いの子どもは入社させない
――最終的には、株式を手放す
上場して、ＳＦＰダイニングの社員全員を幸せにするのだ。その約束を果たすときまで、もう少し……。

そう、「百里の道を行くときは九十九里をもって半ばとせよ」という言葉もある。

（最後の最後まで、気を緩めずに頑張り抜くぞ……）

市販の胃薬をペットボトルの水で飲み下しながら、良作は自分自身にそう言い聞かせた。

取引き業者や関係各社を回り、証券会社の営業マンよろしく、「今日は何株、明日は何株」と一株ずつこなしていく作業を続けた光行たちであったが、それだけではとうてい捌《さば》き切れない。せめて、三〇パーセントの半分を持ってくれる安定株主が欲しい。そこで、居酒屋とは切っても切れない縁である酒造会社を対象に、持分法適用とならないぎりぎりの上限となる株式の一五パーセント——金額にして十三億円ほどを引き受けてもらえるよう働きかけることにした。

最初に打診したのは、二十数年にわたって付き合いのあるキリンビールだった。「前向きに検討する」という返事こそもらったものの、投げたボールがなかなか返ってこない。

株主の募集には締め切り日が設定されていて、期日までに三〇パーセントの売却を達成できなかったら上場が遠のくことになる。その締め切り日を数日後に控え、光行たちは未達のリスクヘッジのため、キリンビールのライバル会社にもボールを投げてみた。

その担当窓口の責任者となったのが、同社の常務だった。

常務から即座に返ってきた答えは「寒川さんからのお願いとあれば、すぐにでも出資させていただきます」であった。

聞けば、良作が〈鳥良〉一号店開店時に「生ビール一杯十円セール」を仕掛けた頃の営業担当だったと言う。

「懐かしいですねぇ。私が、ぜひお目にかかりたいと申していたとお伝えください」

柔らかな笑みを浮かべて、常務は光行にそう告げた。

社に戻り、そのことを伝えた光行に「もちろん、彼をよく知っている。すぐに会おう」と、良作が身を乗り出した。

再会の場所に選んだのは、新宿・歌舞伎町の〈きづなすし〉だ。

約束の時間ちょうどに店に現れた常務は、当時よりも少しふっくらとして、七三に分けた髪に白いものが混じってはいたが、元気あふれる営業マンの面影がまだ残っていた。

「寒川さんのご活躍のお噂はかねがね伺っておりましたが……こんな新宿のど真ん中の一等地に、これだけ立派なお店を持たれて」

興味深そうに店内を見回す常務に、良作は「いやいや」と謙遜した。

「常務のほうこそ、大変なご出世をされて……あの当時は本当にお世話になりました」

良作は駆け出しの居酒屋の店主、常務も一介の営業マンとして仕事に心血を注いだ頃から、二十五年もの歳月が流れていた。

意思決定者同士の出資話は早々に済ませた。後は現場の者たちがうまくやってくれるだろう。ふたりは心ゆくまで酒を酌み交わし、昔話に花を咲かせて旧交を温めた。

楽しい時間はあっという間に過ぎていく。気がつけば、そろそろ日付が変わる時刻になっていた。

「常務、今日は本当にありがとうございました。今後ともよろしくお願いします！」

「こちらこそ。どうもごちそうさまでした。私どもも微力ながら応援させていただきますので、寒川さんも頑張ってくださいね」

「胃の痛い毎日がずっと続いていたので、今日は安心して眠れそうです」

深々とお辞儀してから目が合うと、「お役に立ててよかったです」と常務が頬を緩めた。

戦友と言えるそのビジネスマンの背に、良作はまるで後光が差しているように見えた。

常務を乗せた車が走り去っていくのを見送りながら、ほっと安堵の息をついた。良かった、これでもう心配ない。

しかし、その翌日、一部始終を知る佐藤が血相を変えて良作の元にやってきた。

「社長、どうしましょう……。キリンさんが、株の件、オッケーと言ってきました」

「えっ？」

信じられない言葉に、良作は耳を疑い、言葉を失った。

「……なんで、いま頃になって、急に……」

「それがですね」

佐藤が事情をかいつまんで説明していく。

キリンビールは、ここ十数年、顧客企業に対して資本参加せずに、それが半ば暗黙のルールとして常態化していた。ＳＦＰダイニングの申し出を受けた担当者が、そのルールを打開しようと必死になって役員たちを説得して回り、理解を得るまでに時間がかかってしまったが、ようやくゴーサインが出たというのだ。それが、まさか、締め切り前日の今日というわけである。

あの常務と固い握手をしてから、まだ半日も経っていない。いまさら、頭を下げたこちらのほうから断るわけにはいかないだろう。だからと言って、キリンビールに「御社からの回答を待ち切れず、別会社さんにお願いしました」とも言えない。

こうした非常事態時に下手な画策をしたり、言い訳するのはかえって物事を面倒にするし、自分の主義にも反する。常務に一刻も早く連絡を取り、事情を直接説明して、許しを乞うしかない。良作はそう思った。

「わかった。俺から話をするよ」

良作はデスクの電話に手を伸ばし、名刺にあった番号をプッシュした。受話器が鉛のように重たい。

経緯を隠すことなく伝え、誠心誠意に謝罪した良作に、常務は「そうですか」と少し残念そうな声を向けたが、すぐに気を取り直したように言葉を返した。

「わかりました」

「本当に申し訳ありません……」

「いやいや、謝らないでください。寒川さんと同じ立場であれば、私だってきっと同じことをしたと思います」

「そう言っていただけると、少しは気持ちが楽になります」

「寒川さん、頑張ってください」

厭味のひとつも言われることを覚悟していたが、常務は逆に励ましてくれた。

涙が出るくらい嬉しかった。

もし、キリンビールからの返事があと一日遅れていたら、一五パーセントの株式は別会社に渡っていたことになる。

資本政策は一度実行されると取り返しがつかないと言われるが、良作はそれを自らの身を持って思い知った。

こうして、期限ギリギリではあったが、ポラリスの持ち株の三〇パーセントを売却するメドが立った。通常は、ここで半年ほどインターバルを空けて、様子を見ながら第二次資本政策に取りかかるのだが、良作はそれを前倒しにして、すぐに取りかかるべきだと考えた。

ポラリスは残り七十パーセントの株について、そのまま保有し続けるか、それとも手放すかの判断を下しかねている——そんな空気を感じ取ったのだ。

経営には目に見えない流れや潮目というものがある。その流れを読みながら判断していくと、やはり、動くのは「いま」しかない。

一方、ポラリスは、上場に向けての資本政策のセオリーや他社事例から考えると、SFPダイニングが上場するまでの間に、株式の持ち分を「三割以上、半分以下」にしたいと考えているはずだった。その場合、第一次資本政策で三十パーセントをすでに売却したので、第二次では、その十九パーセントから三十六パーセントを売却すればいいことになる。ポラリスが手放すボリュームによっては、次の株主がポラリスの株式保有比率を上回り、新しい筆頭株主になる可能性がある、ということだ。さらにその先の展開として、その譲渡先が株式を買い増し、支配権を持つ展開になることも有り得る。そして、今後の上場を考えれば、その譲渡先はファンドではなく、事業会社の必要がある。良作はその後の展開を予測した。

ファンドが最重要視するのはあくまでも投資効率であり、人を見るということはほとんどない。その一方で、事業会社は違った角度から投資先を見る。

両者を医者に喩えよう。ファンドは患者(会社)を診て、熱があれば解熱剤で下げ、血圧が高ければ降圧剤を処方する対症療法を行う。一方、事業会社は、患者(会社)の発熱や血圧が上がる原因を精神面や生活習慣にまで深く診ていくことで把握し、じっくり治していく。

SFPダイニングはポラリスと組んだことによって会社の業績をさらに伸ばした。ファンドから学ぶことは多々あったが、次の資本政策の如何によっては、「別の事業会社とあらためてタッグを組み、上場を目指す」展開も考えられるのだ。

そんな想定から、株式譲渡先への条件に良作が考えたのは、まず、上場ができること、次に、独立経営ができること、そして、経営の幹部を変えないこと、の三点となった。しかし、これらの条件は、ポラリスにとっては、「手間のかかること」だった。その条件を全て飲む代わりに、ポラリスは、第一次資本政策のときと同じように、譲渡先をSFPダイニング自らも探すことを伝えてきた。

十月。〈きづなすし〉のプレゼンテーションから一年近くが経とうとしていた。

上場ができること、独立経営ができること、経営の幹部を変えないこと――これらの条件を念頭に、光行たちは四十社ほどの候補を立てた。

外食産業はもちろんのこと、傘下に飲食チェーンを抱える電鉄会社や不動産会社も視野に入れた。親会社の規模が大きく、資本力があれば、上場にも障害がないだろうと考えたのである。

そんなふうに、SFPダイニングが株主探しに腐心していた日。

良作の元に、ある大手居酒屋チェーンのオーナーから電話がかかってきた。

「お久しぶりです」といった挨拶もそこそこに、オーナーが切り出した。

「電話をしたのは、ほかでもない。実は、うちに、寒川さんのところの株を買わないか？って話が来ているんですよ。一応、寒川さんの耳にも入れておいたほうがいいと思って
……」

「ほんとですか？」

良作は反射的に周囲を見回し、声を潜めた。

「それ、どこから来た話ですか？」

「酒造メーカーであるX社が持ってきたんですよ」

オーナーの話によると、「ポラリスがSFPダイニングの株式譲渡先を探している」と

いう情報を聞きつけたX社が買収の話を持ちかけてきたというのだ。なぜ、ファンドや証券とは無関係な酒造会社がそんなことをするのか。そこには、彼らなりの狙いがあった。

X社としては、SFPダイニングの店舗における「酒類の扱い量」を増やしたい。できれば、独占契約を結びたいと考えている。

そこで、現在、X社と独占契約を結んでいる居酒屋チェーンが買収すれば、その傘下となるSFPダイニングも必然的にX社に乗り換えることになるだろう。そんな目論見だった。

「それで、寒川さんはどうなんです?」

「どう、と言うと?」

「買収の話ですよ。僕としてもまんざら悪い話ではない、と言うより、かなり乗り気になっているんですが」

「申し訳ないけど、それは勘弁してください。さすがに同業社は……」

「なるほど、やっぱりそうでしたか……」

自分たちSFPダイニングの頭越しに、多少の付き合いのあるX社が買収の働きかけをしているとは……良作は、電話相手に事実を知らせてくれたことの礼を述べ、「失礼します」と通話を切った後、胸奥をざわつかせる思いに顔をしかめた。

当初、四十社ほどあった譲渡先の候補が、最終的に、外食産業の数社に絞られていった。ロイヤルホールディングス、ドトール・日レスホールディングス……一方的にそれらの有名グループも候補先として検討していた。同業社である。SFPダイニングがいくら順調に成績を伸ばしている企業とは言え、やはり、異業種に百億円もの大金を投資しようという事業会社は現れなかった。

クリエイト・レストランツ・ホールディングス（CRH）も、その最終リストに残った一社だったが、良作は、初めてその社名を聞いたとき、正直、ピンと来なかった。

東証マザーズに上場している銘柄のひとつ（二〇一三年十月に東証一部に市場変更）として、かろうじて名前を知っているという程度で、〈雛鮨〉〈吉祥〉〈タントタント〉といったブランド名を聞くまで、CRHがどんな会社なのかわからなかった。

いったい、どういう特徴を持つ会社なのか――

管理本部長の光行が、ネット上にアップされていた、同社のポートフォリオを刷り出して良作に見せると、良作は目を通した途端に「なるほどなぁ」と感嘆の声を上げた。

「この会社はマルチブランド・マルチロケーション戦略をやっているんですね……」と光行が言う。

「マルチブランド・マルチロケーション戦略」とは、相当数の集客が見込める立地条件の良い場所に、その立地特性や客層を勘案しながら、最も適した業態の店を出していく方法である。

例えば、同じイタリアンの店でも、オフィス街ならA・住宅街ならB・歓楽街ならCというように、店名も内外装も価格帯も異なる店を展開していくのだ。結果として、ブランド(店名)の数が増えれば増えるほど、親会社がどこなのかが顧客にはわからなくなる。だから、良作が「クリエイト・レストランツ・ホールディングス」の名前を知らなかったのも仕方ないことだった。

さらに、良作と光行が注目したのは、その出店場所である。

九八パーセントの出店がショッピングモールや駅ビル、百貨店といった複合商業施設であり、路面店はほとんどない。SFPダイニングはその正反対で、九九パーセントが繁華街立地であり、それ以外は一パーセントにも満たない数字だった。ということは、もし、CRHの傘下に入ったとしても、きちんと棲み分けができるので、同じパイを取り合うことがない。むしろ、互いに欠けた部分を補完し合うことでシナジー効果が生まれるのではないか……。

複雑なかたちをしたふたつの歯車が「カチリ」と噛み合うイメージを良作は頭の中に浮

かべた。

「光行さん、これはひょっとしたら、すごい良縁になるかもしれないですね」

「そうですね、何としても、この話を進めましょう」

「ぜひ、お願いします」

「はい」とうなずいてから、光行が思い出したように言った。

「それと、あちらの件も進めておきます」

「えっ？」

良作が首を傾げる。

「……何の話でしたっけ？」

「今朝、社長がおっしゃっていた件です」

「ああ、あの新聞記事のことですか、あれは単に僕の思いつきで言っただけですから」

その日、十月三十一日の朝、良作は日経新聞の一面に「日銀が金融緩和で十一兆円を市場に放出する」という記事を見つけ、光行に声をかけていたのだ。

「光行さん、これはつまり……銀行が融資に積極的になるということですよね？」

「そういうことになると思います」

「うちはどうなんでしょうね。貸してもらえるのかな？」

良作の問いかけに、光行は考え込むように腕組みして、首をひねった。

「どうしました？」

「いえ、我が社は、まだリファイナンスしたばかりなので……」

リファイナンスとは、新たなローンを組み、それまでのローンを完済する手続きを取ることである。

実は、今年の三月、ＳＦＰダイニングは光行とポラリスメンバーの尽力で、財務・投資制限があり、金利の高いローンから、財務・投資制限が緩く、金利が安いローンへと借り換えを行っていたのだ(第一次リファイナンス)。

そのようなリファイナンスを、一年も経ないうちにさらにもう一度行うというのは、滅多にあることではない。

「……そうですよね。僕はただ新聞に書いてあったことをそのまま言っただけだから、気にしないでください」

そんなふうにして、今朝は曖昧な返事で良作の元を離れた光行だったが、十一兆円もの金融緩和が実施されるとなれば、さらなるリファイナンスも一考の余地はあると考え直した。金利の支出を抑え、財務状況を良くすれば、ＩＰＯもしやすくなるだろう。

その後、光行は実際に銀行と交渉を始め、翌年二〇一三年三月には、五十七億円のシンジケートローン(複数の金融機関が協調して融資を行う資金調達手法)による二回目のリファイナンスを行った。ローン契約に基づく制約(コベナンツ)が外され、財務・投資制限等がないコーポレートローンに借り換えることに見事成功。新規出店の加速とともに営業キャッシュフローが増大し、ＩＰＯがいよいよ現実味を帯びてきた。

リファイナンスの成功から二ヵ月後の五月中旬、翌年の経営計画の検討のため、良作と坂本が打ち合わせに入った。

リファイナンスにより、「年間の投資限度額八億、新規出店は年間十二店舗まで」という上限が外れたことで成長に大きな弾みがつく。

「ここがチャンスだ」

良作が身を前に乗り出し、坂本の目を真っ直ぐに見て言った。

「一気にアクセルを踏むぞ！」

しかし、坂本の反応は良作に比して、やや控えめだった。

「はい。ただ私としては……年間に十五億円の投資というのが上限かと思います」

「なぜだ？　これまで新店に制限があった分、人材の育成も進めてきたし、どの新店も好調に推移している。出店候補地も潤沢にある。もっと加速できるはずだ」

良作の鼻息は荒い。

「おっしゃるとおりです……ただ、財務上の健全性も無視できません。少なくとも来期については営業キャッシュフローとのバランスを考えるべきではないでしょうか。十五億という数字は、そのギリギリの線だと考えています」

しばらく腕組みをして考えていた良作が「そうか」とうなずいて言った。

「店舗数で三〇店舗。それでも現状の倍以上だからな……でも、その先はもっと行けるぞ」

「おっしゃるとおり、営業が順調に推移すれば、翌年以降はさらなる加速が可能になると思います」

「来期は年間四〇店の出店も問題なく行けるはずだ。健全性を保ちながら最大限の成長戦略に落とし込んでくれ。光行さんが切り開いてくれたチャンスを活かすんだ。そうすればＩＰＯにより近づける」

「承知いたしました」

話を戻そう。

良作がＣＲＨの存在を意識してから数日後、二〇一二年十一月の初めに、光行はみずほコーポレート銀行にいる興銀時代の元部下を介して、彼の興銀同期であったＣＲＨの川井潤専務と東京・麻布台の東京アメリカンクラブで面会した。

光行は、年齢にしてひと回り下の川井とは銀行時代には直接の面識はなかったものの、興銀OB特有の仲間意識も手伝って、すぐに打ち解けることができた。

光行の川井へのアプローチは、「中国・香港・シンガポールなどで海外展開している御社に、海外進出についてのお話を伺いたい」というものであったが、川井本人と会ってからは、光行の口から海外の「か」の字も出ることはなかった。

実は今日お会いさせていただいたのは株主探しのためで——光行がそう打ち明けると、川井は「そうだったんですか」と、気持ちと体を前のめりにした。

光行がSFPダイニングのこれまでの経緯と現在置かれている状況を事細かに説明していく。

「……なるほど、それは我が社にとっても、まさに渡りに舟というやつかもしれませんね」

「と、おっしゃいますと？」

川井は、ちょうどいま、CRHが将来的な成長エンジンの模索中であることを話した。これまで新規出店の足がかりにしてきた商業施設の建設も頭打ちとなり、必然的に成長速度が鈍ることを憂慮していることを正直に伝えた。

そこで、打開策として、これまで手をつけてこなかったロードサイドへの進出を計画し、路面店の出店経験者を外部からヘッドハントしていたところだという。

「出会いの妙」と言うしかない、ジャスト・タイミングだった。

帰社した光行から一連の報告を受けて、良作はことのほか喜んだ。

「そうですか。それはよかった。しかし、その専務さんの話にしても、成長エンジンの話にしても、まるで最初から仕組まれていたような話ですね」

いつものように、良作は年上の光行に丁寧な言葉で受け答えを続けた。

「まったく同感です」と光行が首肯して、ＣＲＨについての詳しい情報を良作に渡していく。

まず、経営者のプロフィールだ。

同社の岡本晴彦社長は、東京大学から一九八七年に三菱商事に入社し、一九九九年に社内起業でＣＲＨを創業した。代表取締役となり、その三年後に三菱商事を退社して、独立。

一流商社でビジネスマンとして働いた岡本社長なら、バランスの取れたグループ経営をしているはずだし、ＳＦＰダイニングが傘下に入っても、その特性を活かしてくれるのではないか――そんな私見を漏らした光行に、良作が同意した。

「僕もそう思います。自分がやっていて言うのも変な話だけど、オーナー企業っていうのは、良くも悪くも、そのオーナーの癖が出るし、あんまりアクの強いタイプの経営者に買われるのはイヤだなって思ってたので、ちょうど良かったと思います」

「そうですよね」と、再びうなずきながら、光行が表情を緩めた。

「それにしても『縁は異なもの味なもの』って言いますが、不思議ですよね。川井専務と私、ポラリスの木村社長、密田さんが揃って興銀出身でしょう。しかも、岡本社長が関端さんと三菱商事の先輩後輩の間柄で、プライベートでもたまに飲んでいたそうですから……」

「へぇ、そうだったんですか」

物事がうまく運ぶときは、「縁」という名の「見えない糸」が作用することもある。人と人の結び付きは本当に不思議なものだと感心する良作だったが、その後、良作自身もCRHとの意外なつながりを知った。

良作とクラブ・オン・ザ・パークを通じて知り合った友人が、CRHの後藤仁史会長と懇意なだけではなく、他にも後藤会長と共通の友人がふたりもいたのである。

こうして、SFPダイニングとCRHの関係は、時計の針を自ずと速めていった。

光行が川井専務と会ってわずか十日後——十一月の半ばには、SFPダイニングとCRH、ポラリスの三社間で秘密保持契約が結ばれ、そのさらに十日後に、CRHがポラリスを訪問、川井専務と木村社長が顔合わせの挨拶を行い、交渉についての打ち合わせを行った。

その後、二回にわたり、資本提携に関わる検討資料がＳＦＰダイニングからＣＲＨに送られ、二〇一二年も残りわずかになった十二月二十五日、ＣＲＨの経営陣が二子玉川のＳＦＰダイニング本社に、「暮れの挨拶」という名目で表敬訪問した。

ＣＲＨの面々には、「我々がスポンサーになるのだ」という驕った態度は微塵も見られず、紳士的かつ友好的であり、ＳＦＰダイニングはちょうどその日に業績連動の賞与が支給されたこともあり、和気あいあいとした空気の中で相互コミュニケーションを図ることができた。

そして、一週間後の二〇一三年一月一日付で、取締役の佐藤がＳＦＰダイニングの新社長に、光行が副社長に就任し、良作は会長の役職に就いた。

かねてより良作が計画していた「政権移譲」がスムーズに行われ、ＳＦＰダイニングは、ＩＰＯにまた一歩近づいたのである。

二〇一三年。まもなく、東日本大震災から丸二年が経とうとしていた。

海の向こうでは、年明け早々に、アルジェリアの天然ガス施設をイスラム系の武装グループが襲撃し、日本人技術者が犠牲になるという痛ましい事件が起こった。一月の政府の公表数字では、東日本大震災の死者は一万五八七九人、行方不明者は二七〇〇人に及んでいた。一方で、ＮＨＫの「朝の連続テレビ小説」ではこの四月から震災復興支援の色合いが濃い「あまちゃん」というドラマをスタートさせる予定で、その一月に追加キャストが発表されたりもした。

日本中が、傷ついた東北を憂い、そして、励まし続けている。

二子玉川にあるＳＦＰダイニングの動きも勢いを増した。

ポラリスとＣＲＨによる株式譲渡の交渉が進んでいく過程で、ＣＲＨが予想外のリクエストを出してきた。

ポラリスは、七〇パーセントの持ち株のうち、三六パーセントを売却、残りの三四パーセントはそのまま保有し続けるつもりでいたが、ＣＲＨはその三四パーセントも譲渡してほしいと言ってきたのである。つまり、七〇パーセント、全てである。

ポラリスの社長である木村雄治は、思い悩んだ。

タイミング的に、いまその全てを売ってしまっていいものなのか……と言うのも、ＳＦＰダイニングの数字はまだまだ伸びていくと確信していたからである。三四パーセントまでは無理にせよ、マイノリティとして残り、上場に至らせるという選択肢もあった。

二〇一〇年十二月のＭ＆Ａから一年ほどが経過した頃から、「サムカワフードプランニングの株を買いたい」というオファーが木村の元に舞い込むようになっていた。ほとんどが外食産業だったが、その中には百億円という数字を提示してくる企業もあった。投資効率で言えば、それほど「オイシイ話」はないが、木村は全ての申し出を断ってきた。良作との約束を重んじたのである。

感情より理性を、アートより科学を優先させ、行動基準の全てが投資効率にあるのではないかと他人が思う一方で、木村はそうしたウエットな面も持ち合わせていた。

木村の部下である関端も、たとえ、五パーセント、いや、一パーセントでも継続保有する道を残したいと考えていた。それで良ければ、社長の木村を説得し、ＣＲＨとの交渉を続けたいが——関端は良作にそう持ちかけてみたが、良作は首を横に振った。

「申し訳ないけど、僕らは御社を卒業するということで……御社の株をクリエイトさんに全部売却してください」

第二次資本政策と言いながら、全てを譲渡していいものかを躊躇《ためら》う木村に、関端は進言した。

「寒川さんは大丈夫です。上場が円滑に進むよう、我々の方でバックアップしましょう」

二月初旬の夕方、良作が東京・青山一丁目駅の地下鉄口から地上に出たとき、ポケットに忍ばせていた携帯電話が鳴った。

木村からだった。

「寒川さん、申し訳ありません。本当はＩＰＯまでご一緒したかったのですが、我々には投資家への説明義務もあります。クリエイトに全株売却することにさせていただくことを、私が最終判断しました。苦渋の決断です。理解してください」

良作は、そのかたちで良いと思っていたが、木村の真摯な態度に胸を打たれ、心からの感謝とねぎらいの言葉を返した。

この、木村から良作への通達で、ポラリスが保有する全株式の譲渡が決まり、いよいよＣＲＨとの価格交渉が始まった。

二月十四日の最初のテーブルで、ポラリス側が売却価格を提示したのを皮切りに、数字が詰められていった。

ＣＲＨの専務・川井は「ディベートでは誰にも負けない」といったタイプのタフ・ネゴシエーターであり、交渉は難航を極めたが、最終的には木村社長との「差し」での交渉で合意に至った。ポラリスは、これにより、四倍近いリターンを得ることになった。

そして、同年三月四日に基本合意書が締結され、二十一日の取締役会決議で株式譲渡契約の締結が正式に実行されたのである。

株式売却の際は、株式譲渡契約にサインして終了となるのだが、今回の譲渡では「覚書」

という、もう一通の文書が存在した。

当事者は、ポラリスとＣＲＨとＳＦＰダイニング、そして寒川良作個人となっていて、その内容は「ＳＦＰダイニングを上場させるべく、全者が最大限に努力する」というものだった。

もちろん、「絶対に上場させる」とは誰も確約できないので、「ＳＦＰダイニングの上場という目標を尊重し、その適時適切な上場に向けて最大限の支援をする」といった文章が創られたのである。

この「覚書」は、ポラリスから、良作はじめＳＦＰダイニングの社員へのささやかな恩返しであり、法律上の拘束力は別として、その一筆がポラリス側に残ることで、ＳＦＰダイニングの立場が良くなることを考慮してのものだった。

株式の売却に際して、ポラリスが本契約とは別の「覚書」を交わしたことは、後にも先にもこの一件だけである。

そして、四月二十五日の午前十一時から、ＳＦＰダイニングの本社八階で、最後となる「木曜日の経営会議」が開かれた。

両社の初めての経営会議の席で、ポラリスの木村が業績未達について幹部社員を叱責してから二年と四ヵ月の月日が過ぎていた。

あのときの凍りついた部屋の空気も、険しく苦り切った表情を浮かべた木村の姿も、もう随分昔のことのように思われる。それを示すように、窓の外には雲ひとつない春の空が広がっている。

会議はいつものように淡々と進行し、そのまま、場所を替えずに「お別れ会」が催された。

良作はポラリスへの感謝の印《しるし》として、特製ラベルを貼ったシャンパンを木村に贈り、ふたりはがっちりと握手を交わした。

「ここまで来られたのも木村さんのおかげです」

「いやいや、寒川さんあってのことですよ」

「ここで褒め合ってもしょうがないですね」と笑う良作に、木村が頬を緩めてうなずく。

自然と拍手が起こった。

しばらく鳴り止むことがなかった。

良作は、この二年半あまりを振り返った。

ポラリスと組んだことで営業キャッシュフローは二倍に、出店精度も飛躍的に向上し、企業として大きな成長を遂げた。この期間で、会社は明らかに変わった。

そして、隣で屈託なく笑っている木村を見て、良作は、なぜか懐かしさのようなものを感じた。そこに、最初のマネジメントインタビューで会ったときに見た木村の笑顔があったのだ。

良作は、それまでの木村が、あえて冷徹な態度を取っていたのだということに気づいた。事実、木村は、後に著した自身の書の中でも、自分はあえて「〝悪役〟を演じ」たり、「〝嫌われ役〟となり、激しい抵抗に遭いながらも」会社の改革を推し進めてきたと書いている。

（そうか、すべて「ポーズ」だったのか……）

だとすると、木村という男はなんと大した役者かと、良作はあらためて感心した。

「記念写真を撮りましょう！」の声で、SFPダイニングとポラリスの全員が学級会に集う子供たちのように協力し合い、机やテーブルを部屋の隅に寄せてスペースを作った。

まず最初に、SFPダイニングの幹部社員たちとポラリス側の三名がカメラに向かった。前列に、野崎と坂本、落合が中腰となり、その後ろに浅井、関端、木村、良作、佐藤、光行の六名が仲良く肩を並べる。それから、会議に参加していた熊谷、神野の両部長をはじめとした十二名が加わり、総勢二十一名の晴れやかな笑顔が一枚の写真に収まった。

それから五日後の四月三十日、CRHはSFPダイニングの株式七四・六パーセントを取得した。続く六月には残りの二〇パーセントをさらに取得。かくして、SFPダイニングは、ポラリスの元から完全に飛び立ったのである。

会長の良作はあらゆる縛りから解放された。完全に自由の身になった。

しかし、良作はまだ第一線から身を引く気になれなかった。ＳＦＰダイニングのＩＰＯを実現させるという「約束」が残されているのだ。

その思いを強めざるを得ない、ひとつの出来事があった。

ある会合で、同じテーブルについた東証一部上場外食企業のオーナーが、良作にこんなことを言ったのだ。

「ポラリスといっても、所詮はファンドでしたね」

「どういう意味ですか？」

聞き返した良作に、相手は同情するような口調で続けた。

「だって、寒川さんの会社、結局はクリエイトに売られちゃったわけでしょ……」

「そういうふうに見えますか？」

「寒川さんと僕の間だから正直に言うけど、新聞を読んだとき、『ああ、寒川さんは裏切られたんだな』って思いましたよ」

新聞だけの情報かどうかを良作が問うと、オーナーは「そうだ」ときっぱり答えた。

ビジネスの最前線に立っている経営者でさえ、新聞で「売却」という文字を見ただけで

「身売り」というネガティブなイメージを持ってしまうのである。ましてや、一般人にはＳＦＰダイニングがどう映っているのだろうか。

もちろん、身売り的なＭ＆Ａもあるだろう。

しかし、中には自分たちが経験したような、売った方も買った方も「Ｗｉｎ‐Ｗｉｎ」でエグジットできるケースもあるのだ。社員とて、みんなが幸せになり、不幸せになった者がひとりとしていない。それが可能だということを、現在進行形の立場で自分が世間に示したい。

そんな思いが、良作の胸にことさら強く湧き出てきた。

ＩＰＯを実現したうえで身を引くのであれば、きっと、社員たちも納得してくれるだろう。

そして、やがては東証一部に市場を移し、ＳＦＰダイニングの社員の中から佐藤に次ぐ生え抜き社長が生まれ、独立経営を維持していけば良い。将来的にはファンドを募り、自社の株を買い取って、名実ともに自分たちの会社にすることだって夢ではない。

いや、決してそれは夢物語などではなく、ＳＦＰダイニングは百年以上続く会社になるのだ。その礎を自分が築いてみせよう。

良作は、心に固くそう誓い、上場予定日を自らの五十五歳の誕生日である「二〇一四年十二月十六日」に定めた。それは非常にタイトで、一回のミスすら許されないスケジュールだった。しかし、良作たちＳＦＰダイニングは、あえて厳しい期限を定め、「その日」のために、全社一丸となって業務を遂行していった。

エピローグ

創業者やファンドが株式を売却し、利益を手にすること——それが、いわゆるビジネスのエグジットであり、すごろくで言えば「上がり」の手法が、株式公開や株式譲渡である。株式公開と株式譲渡のどちらが簡単で、どちらが難しいとは一概に断定できない。とは言え、「出口」や「上がり」と呼ばれるだけに、経営者がそのどちらをも何度も経験できるものではないことは確かである。

良作は、M&Aで会社をファンドに売却し、そのファンドとハンズオンで企業価値を高め、再びM&Aで事業会社に売却した。そうして、経営権もマジョリティもないまま、まさに徒手空拳でIPOに至った。

経営者の人生に一度あるかないかといったことを、わずか四年という短い期間でやり遂げたのである。

「針の穴にラクダを通す」という表現があるが、良作はそれに近い離れ業をやってのけたと言えるだろう。

いま振り返ってみると、自分でもなぜそんなことができたのかわからない。

同じことをもう一度やれと言われても、おそらく二度とできないだろう。

もちろん、創業者として、経営者として、労苦を重ね、持てる限りの力を注いできた。そのうえで、運や勢いも味方した。そして、事あるごとに、「社員の幸福の実現」という言葉を自分自身に言い聞かせるように発してきた。

快適な労働環境を作り出すことはもちろんのこと、「社員の幸福の実現」には、生活の基礎となる財産形成が不可欠な要素である。社員のひとりひとりがそれを満たせることを良作は常に願い続け、そのための努力と願いがついにＩＰＯというかたちで結実する日が来たのだ。

二〇一四年十二月十六日早朝――

その日、五十五回目の誕生日を迎えた良作は、日本橋兜町の東京証券取引所に向かうハイヤーの中で、淡い花模様の刺繍がほどこされた留め袖姿の妻の恭代に、三十一年前の結婚式での花嫁姿を重ねていた。

名古屋の手羽先唐揚の店を辞めたばかりで、まだ何者にもなっていない良作のことを、叔父は披露宴の席上で高砂の恭代を見やりながら紹介した。

「新郎の寒川良作は、近く東京に進出し、料理店を開業、これをさらに発展させて、支店を次々と出して事業を行う予定であります」

何の根拠もないまま、勢いに任せてそんな大風呂敷を広げてしまった自分の言葉を信じ、大勢の出席者の前でそれを口にする叔父の横顔を窺い見ながら、良作は身が縮む思いで挨拶が終わるのを待っていたことを思い出す。

あれから三十一年が経った今日、そんな「大風呂敷」をも遙かに上回る、「東証二部に上場」という結果を現実のものとした。

まだ二十四歳のとき、「必ず成功する」という何の根拠もない自信だけを胸に、身ひとつで西も東もわからない東京に出て、たまたま降り立った吉祥寺で見つけた店を居抜きで借り、身重の妻とふたりで最初の店を開いた。「一国一城の主になりたい」という、少年の頃から抱いていた願いがようやく叶ったものの、無邪気に喜び続ける暇もなく、日に日に大きくなる妻のお腹を眺めながら、「これからどうなっていくのか？」と、見えない未来に希望と不安を抱きながら無我夢中で働いた。あの頃の自分に、はたして、今日の晴れ舞台が想像できただろうか……。

たった一軒の〈鳥良〉が、やがて、サムカワフードプランニングとなり、五千人あまりの従業員を擁するSFPダイニングへと成長した。

熱い思いで蒔いた小さな一粒の種が芽を吹き、空に向かって大きく枝葉を広げ、やがて、豊かな果実をたわわに実らせたのである。

長い道のりでもあったし、あっという間の出来事のようでもあったが、決して平坦ではなかった。

「ここぞ」と腹を決め、全身全霊を傾けて事に当たれば、乗り越えられない壁はない。

そう信じてやってきた。

そして、それを全て現実のものとしてきた。

しかし、そんな良作の信念をも揺るがす出来事があった。

つい、この四ヵ月ほど前——八月の半ばのことだった。

会社にいた良作に、突然、一本の電話がかかってきた。

ここ数日、体のだるさや発熱などの不調を訴えていた妻が、東京医科大学病院で受けた検査結果を知らせてきた。夏風邪が少し長引いている……その程度のことと思っていたが、妻の口から出たのは予想だにしない言葉だった。

仔細はまだ知らされてないが、このまま緊急入院することになったと言う。

「緊急入院」という言葉が、良作の頭の中をぐるぐると駆け巡った。

何を差し置いてもすぐにでも駆け付けたかったが、どうしても外せない会議があった。

わずか一分が一時間にも数時間にも感じられた。会議が終わったとたん、脱兎のごとく会社を飛び出し、病院に向かった。

そうして、妻の病室に足を踏み入れた途端、事の重大さを悟った。大勢の医師と看護師に囲まれて処置を受けている妻を見て、両膝から力が抜けていくのを感じた。

医師が告げた病名は「急性骨髄性白血病」であった。

血液細胞の一種である白血球がガン化し、異常増殖することで引き起こされる疾患である。発症すると、骨髄で正常な白血球が造れなくなるために感染症にかかりやすくなるほか、貧血や血小板減少による出血傾向が強くなる。また、他のガンに比べて増殖スピードが速いため、症状を自覚し始めると、急速に病状が悪化することもある。恭代の場合、すでにかなり進行しているので容体が急変することもあり、予断は許されなかった。それでも、希望はあった。この病気はガンの中では比較的に抗ガン剤が効きやすく、治療法さえ間違えなければ、完全治癒の可能性もあると主治医である藤本博昭が言った。

「我々も全力で治療に当たります」

藤本医師のその言葉を信じるしかなかった。

急性骨髄性白血病の年間の発症率は、人口十万人あたり三人から四人と、非常に珍しい病気である。もしそれが、天の与えた試練だとしたら、どうして自分ではなく妻なのか。

その日から、会社と病院を往復する毎日が続いた。

良作は、会社では妻の入院についてひと握りの幹部社員以外には口外せず、普段どおりの明るく元気な「寒川良作」を演じた。しかし、誰もいない火の消えたような家に帰るたびに、無菌室の病床で抗ガン剤の副作用に苦しむ妻を想い、この世界には自分の力だけではどうにもならないことがあるのを思い知り、ひとり落涙した。

妻が元どおりの健康を取り戻せるなら、自分は全てを捨ててもいいとさえ思った。

実際、あんなに燃え盛っていた仕事に対する情熱が日に日に冷めてゆき、社員との約束が遠のいていくのを感じた。

仕事と妻の病とこうして板挟みになるくらいなら、いっそのこと会社を辞めて妻の看病に専念しよう――そこまで思いつめるに至った良作を踏みとどまらせたのは、ほかでもない妻の恭代だった。

ある日、病室を見舞った夫の様子がおかしいことに気づいた恭代が、「何かあったの?」

と質した。

「別に変わりはない」と答えた良作だったが、長年連れ添った妻の勘は鋭い。ベッドに横たわったまま、夫をじっと見つめ、再び問うた。

長い沈黙の後、良作は、「こんな状態のままではいずれ仕事に支障が出て、かえって社員たちの足を引っ張ることになる。ここですっぱりと会社から離れて、お前の側にいようと思っている」と、心情を告白した。

「いい……？　よく聞いてね」

妻が言った。

「この先、私にもしものことがあったとしても、会社の人たちの仕事には何の変わりもないのよ。でも、あなたが会社から去ってしまったら、残された人たちはどうなる？」

「…………」

「私は私で治療に専念する。だから、社員のみんなとの約束を果たすことを絶対にあきらめないで。良くん、いつも言ってたじゃない。社員の幸せのために全力を尽くすんだって……」

恭代の言葉は、乾いた砂に注がれた水のように良作の心に染みた。

胸がいっぱいになり、「そうだな」とうなずくのがやっとだった。

「そうよ、あとひと息じゃない。私も頑張るから、良くんも頑張って！」

病室では絶対に泣かないと決めていたが、その妻のひと言でこらえていた涙がついに良作の目からこぼれ落ちた。そして、それと同時に心の中の迷いが涙とともに流れ去っていくのを感じた。とにもかくにも上場に向けて全力を尽くすことを、自分自身に、そして、妻に誓った。

一時は職を辞するところまで思いつめた良作の祈りが通じたのか、医師や看護師たちによる献身的かつ適切な治療の結果、恭代の病状は寛解に向かい、退院して自宅療養ができるまでに回復した。

それから、妻が口にするものは、可能な限り、夫である良作がいつも作った。長年、ひとりで家庭を守り続けてくれた妻へのせめてもの恩返しだった。

「古臭い考え方」と言われるかもしれないが、外で働く男というものは、余程のことがない限り、仕事を家庭に持ち込むことはない。とは言え、いつもそばにいてくれる、最も身近な存在である妻に、ときにはポロリと弱音や悩みを漏らしてしまうこともある。そのときに妻が返してくれる一言に救われ、新たなひらめきを得ることもあるだろう。普段はまるで水や空気のようなパートナーが仕事や人生の師になることだってあるのだ。

明日に自分がどうなるかわからないような状況でも、「自分のことはいいから社員のために頑張って」と言ってくれた恭代の言葉で、寒川良作は「株式上場」という今日の日を迎えることができたのだ。

良作と恭代のふたりを乗せたハイヤーが、東京証券取引所の前に到着する。

つい数ヵ月まで床に臥せていたことが信じられないほど、妻の表情は穏やかで晴れ晴れとしていた。そうして、車から降りると、恭代の手を取り、そびえ立つ十五階建てのビルの威容にふたり揃って目を細めた。

予定の集合時間までにはまだ時間があったが、すでに一階のロビーには、役員や関係者、それに大勢の社員が良作たちの到着を待っていた。その中には社長の佐藤とその妻・久美の姿もある。

「おはようございます」と、佐藤がいつもの人懐っこい笑みで良作を迎えた。

「おはようさん」

「ついに、この日が来ましたね」

「ああ、よろしく頼んだぞ」

ふたりは互いの目を見てうなずき合うと、がっちりと握手を交わした。

佐藤がこの日のセレモニーに妻を伴ってきたのは、良作の提案があったからだ。

上場記念の鐘を妻の恭代とふたりで鳴らしたい。そして、その思いを社長である佐藤とも分かち合い、受け継いで欲しい。そんな思いがあった。

ときに社運のかかる決断を迫られる経営者の心身——それを支えることができるのは、最終的には妻である。上場企業の社長となると、一般の株主や投資家の厳しい目にさらされることになる。そのプレッシャーは尋常ではないはずだ。

そんな重責を負う夫のことを、陰《かげ》となり日向となってサポートしていくのがファーストレディである「社長の妻」なのだ。これからは、その務めを恭代から佐藤の妻・久美が引き継ぐことになる。

良作は壁際のソファに深々と腰を掛け、ロビーのそこここで微笑み合い、言葉を交わす部下たちの幸福そうな姿を眺めながら、ＳＦＰダイニングの現在《いま》を思った。

会社というものは、設立後三十年で、その九九・九％ほどが姿を消していくと言われる。

例えば、良作が会社を興した年に発足した千社のうち、未だ存続しているものは、わずか二、三社ということになる。会社が幾星霜を経て生き残るということは奇跡に近い。しかも、そこから上場となると何をか言わんや、ほとんど奇跡に近いと言っても過言ではない。

上場セレモニーは、東京証券取引所に新規上場する企業の「取引き開始日」に催される行事である。

午前九時、一階ロビーに集合した会長の良作はじめ、幹部の面々は、事前に手渡された赤いバラの徽章を胸につけて、最上階のＶＩＰ用控室に通された。

そこで、担当者からセレモニーの段取りと流れについての説明を受けた後、隣接する特別応接室で東証の役員たちと挨拶を交わした。

長い歴史を感じさせる重厚な造りの、その部屋の壁には、横六メートル、縦一・五メートルほどの大きな日本画が飾られていた。日本画家で、東京芸大の名誉教授であった加山又造による千羽鶴の絵である。

無数の鶴が画面向かって右斜め上に向かって飛翔する構図は、上場した企業の右肩上がりの繁栄を祈念していると言われている。しかも、それはただの右肩上がりではなく、途中の紆余曲折を経て、最終的には高く舞い上がっていくことを暗示しているのだ。

高みを目指して飛翔する千羽鶴を前に、東証役員との会談を済ませると、良作たちはエレベーターで二階に降り、そこから今度はエスカレーターを使って、中二階にある「オープンプラットフォーム」へ向かった。ティッカーと呼ばれる円形の電光掲示板上の、ＳＦＰダイニングの上場を記念するメッセージを目にする。

良作たちの登場に、プラットフォームに整列して彼らを待っていたＳＦＰダイニングの役職者や社員の拍手がいっせいに湧き起こった。その中には、良作や佐藤の妻に加え、幹部社員の妻の姿もある。

授与式では、上場通知書が社長の佐藤に、そして商業の神であるマーキュリー像の記念楯と、鐘を鳴らすための木槌が会長の良作にそれぞれ授与され、幹部社員の記念撮影の次に、社員全員揃っての撮影時間となった。

次々と焚かれるフラッシュのまばゆさに目を細めながら、良作の胸は万感の思いであふれた。

一企業人としてのゴールがいよいよ近づいている。

これまでの時間が止めどなく、脳裏をよぎっていく。

ファンド会社であるポラリスを離れてからも、その後の一年九ヵ月あまり、ＳＦＰダイニングは、良作の揺るぎない意志と経営陣の不断の尽力、それに親会社であるＣＲＨの支援もあって、驚くほどの飛躍を続けた。

業績も店舗数の伸張に比例し、売上高は二〇一三年の一五四億四千万円に対し、二〇一四年は二百億九千万円となり、経常利益は、前年(二〇一三年)の一三億六千万円に対して、十九億八千万円という好調ぶりを示した。

まさに、飛ぶ鳥を落とす勢いの躍進だった。

だから、外の者から見て、創業者である寒川良作が、今日、この東京証券取引所にいることは何の不思議もなかった。

そう、良作のような創業者や経営者の立場なら、IPOを目指す最大の理由は、金銭的な利益を手にすることである。良作は、自身が持っていた全株式をポラリスに売却した後、ポラリスから七・五パーセントのストックオプションが発行される約束を取りつけていた。

それはつまり、SFPダイニングがIPOした際に、その権利を行使すれば、CRHに次ぐ大株主になれることを意味している。

ところが、良作は、創業の頃から苦楽をともにしてきた仲間や功績のあった十数名の部下たちに、時価にして三十億円近くのそのストックオプションを一株残らず全て譲り渡した。

配分の仕方に関しては、副社長の光行に、幹部の話し合いで誰に何株分を渡すかを決めるように命じ、その結論に異を唱えることはなかったが、注文を唯一つけたのは、最も社歴の長い店長をその分配者リストに加えるよう求めたことだった。良作の、部下に対する細やかな心配りだった。

だから、今日この日の株式公開によって、寒川良作が手にする金は一円もなかった。ゼロである。もっと言えば、それ以前、ポラリスが提示した一億円を超す「業績連動賞与」も、そのまま社員たちに分け与え、やはり一円も手にしていなかった。

寒川良作は、「全ては社員の幸福のために」という言葉を、身をもって示したのである。経営者として全身全霊を傾け、ようやく実現したＩＰＯで手にした唯一のものは「社員の幸福」だった。

アメリカを代表する小説家のヘミングウェイはかつてこう言った。

勝者には何もやるな――

弛まぬ努力でさまざまな苦難を乗り越え、勝利を手にした者は、その歩んできた道こそが彼のトロフィーであり、誇りであり、生きた証である。それ以上に、一体、何があるというのか……。

「勝者には何もやるな」

あらゆる価値が金に換算される資本主義社会のただ中で、寒川良作はその言葉を体現した稀有な人間のひとりとなった。

午前九時三十分、「オープンプラットフォーム」でのひととおりのセレモニーが終わり、いよいよその日のクライマックスとなるＶＩＰテラスでの打鐘の時間がやってきた。

鐘を打ち鳴らす回数は、五穀豊穣にちなんで五回と決められている。

記念の打鐘を行うメンバーは、一回目が良作と恭代、二回目は社長の佐藤と久美だ。そこまでは良作が決めた。後は、佐藤に「自分で決めるよう」申し渡していた。

結果、三回目は今回のＩＰＯの立役者である光行と坂本が、四回目は野崎、神野、熊谷という創業時代からの古参三名が、そして、最後に落合と店舗開発部長の伊与木が選ばれた。

良作は、上場授与式のときに手渡された木槌の柄を恭代とともに慎重に掌に包むと、目の前に吊るされた鐘をじっと見つめた。思っていたほど大きくはない。黄金色に輝く表面にはこれまでに振り下ろされた無数の木槌の跡がうっすらと残っていた。

無我夢中で頑張ってきた三十年の年月は、この鐘を鳴らすためだったのか――。

そう思うと目頭が熱くなったが、ここで涙を流すわけにはいかない。打ち損ねては大ごとだ。

「いいか……いち、にの、さん、で行くぞ」

夫の良作の声に、妻の恭代が小さくうなずく。

「……いち、にの、さん！」

会場にカーンという清冽な鐘の音が響き渡った。

鐘の余韻に耳を澄ませながら、良作は天井を見上げた。

一羽の若い鶴が、空の遙か高みを目指し、いままさに羽ばたこうとする姿をそこに見た気がした。

了

［著者］
白崎博史（しらさき ひろし）
作家・脚本家。小説をはじめ、企画本、テレビドラマや映画のノベライズを手がける。
企画・著作としては「経済ってそういうことだったのか会議」「結婚しない」「流れ星」「HERO」「バカには絶対に解けないナゾナゾ」等。脚本は「はやぶさ/HAYABUSA」（20世紀フォックス映画）等を執筆。

約束のとき

2015年3月19日　第1刷発行

著　者　白崎博史
発行所　ダイヤモンド社
〒150-8409　東京都渋谷区神宮前6-12-17
http://www.diamond.co.jp/
電話／03･5778･7235（編集）　03･5778･7240（販売）
装丁･本文デザイン　monkuu
装画　ヤマモトマサアキ
製作進行　ダイヤモンド・グラフィック社
印刷　堀内印刷所（本文）・共栄メディア（カバー）
製本　ブックアート
編集担当　福島宏之

ISBN 978-4-478-02730-1